La Dama de Rojo

Adriano Fuda

Prologo

Joaquín Frederich se encuentra en su habitación. Es un cuarto típico de adolescente, con las paredes llenas de posters de sus bandas musicales y películas favoritas.

Está sentado junto a un pequeño escritorio, ubicado en un rincón. Se lo ve agitado por demás. Su mano tiembla sosteniendo una lapicera, con la que trata de esgrimir palabras, encorvado sobre una hoja.

Lejos de estar tranquilo. Sus pelos despeinados, su postura y la oscuridad del lugar, conforman una escena de lo más inquietante. Su mirada se dirige desde la hoja hacia la puerta, seguidamente a la única ventana de su cuarto, para luego volver sobre la hoja. Secuencia que repite, al menos, tres veces.

El movimiento rápido de su cuello lo hace ver como a una paloma, a la espera de que, de un momento a otro, alguien o algo ingrese al lugar. Una expresión asustada, sus ojos abiertos a mas no poder y una mancha de sangre sobre su labio. Sangre que salió de su nariz. La mancha roja en su manga evidencia que no se trató de una sola gota, ni dos, ni tres.

Vuelve a concentrarse en su escritura. Después de dos renglones más, se levanta rápidamente y toma, de encima de su cama, una mochila. Su ritmo cambia. Ya con la mochila puesta, pero con paso sigiloso, se dirige a la puerta.

Su mano acciona la perilla como en cámara lenta. La abre pausadamente mientras intenta espiar del otro lado. No ve más que la escalera que lo lleva a la planta baja. Sus ojos se cierran, trata de concentrarse.

Luego de un largo y profundo suspiro toma coraje y abandona el cuarto. Dejando atrás la hoja escrita con letras temblorosas.

Palabras nerviosas pero seguras al mismo tiempo…

Madre:

    Dejo esta nota como evidencia por si no me vuelves a ver.

Solo quiero decir que no te preocupes, pero si la encuentras guárdala. No se la des a nadie.

Se que, lo que le sucede a mi padre, no es lo que piensan realmente. Él me ha contado en varias de mis visitas lo que en verdad le sucedió. Yo le creo porque, en cierto modo, fui testigo de una de sus "locuras", como ustedes las llaman.

Hace un tiempo estuve investigando el como poder ayudarlo, para así, de una vez por todas, poder sacarlo de su tortuosa realidad.

Se lo que vas a pensar, al fin y al cabo, soy como tú dices, un simple adolescente. Pero puedo asegurarte, madre, que hay muchas cosas que no sabes sobre mí. Además, tengo a una persona adulta que me va a guiar en este camino. No te preocupes.

Espero que entiendas mi decisión. Puede que Federico sea despreciable, egocéntrico, un verdadero estúpido, pero es mi padre. También tengo la certeza de que a mi me sucederá lo mismo y no me quedaré de brazos cruzados.

Nunca dije nada, pero por la misma razón que él tenía, acertadamente, para no decirlo.

Te amo madre.

Joaquín.

Cinco años antes.
08/11/2014

Un intenso y enorme sol baña la ciudad de Stonelake. Su luz llena de vida es opacada únicamente cuando finas y largas nubes logran esconderlo.

Como un enorme reflector, suspendido en el aire, alumbra todo un poblado actoral, capaz de formar parte de cualquier historia, tan peculiar como extraña se le pueda a uno ocurrir.

Stonelake es una ciudad tan grande como variada en todo sentido, tanto como en atractivos turísticos, como en la cantidad de clases sociales que comparten su territorio.

Este día, el sol nos lleva a un lugar en particular del poblado. Un sector en donde se codea la gente de la clase alta de la ciudad. Una zona tranquila, calma, esencialmente acogedora. Siempre y cuando pertenezcas a sus tan característicos pobladores.

Aquel gran reflector, alumbra con un brillo particular sobre una casa determinada, como si se tratase de quien entra en escena en el primer acto de una tragedia. Eso es por fuera porque, por debajo de aquellas tejas, la escena es mucho más tétrica que un bello día soleado de primavera.

En el 348 de la calle Boulevard, allí donde el sol oficia de faro, vive — si se puede llamar vida — Federico Frederich. Un pequeño sector de la sala es lúgubremente iluminado, tan solo, por una luz blanquecina emitida por la pantalla del ordenador encendido, sobre un escritorio en el centro de una sala. El resto de la morada sucumbe en una oscuridad sepulcral. Por mas intensidad que posean mil soles, las persianas, cerradas en su totalidad, no permiten que ingrese ni el más mínimo ápice de luz. Un espeso humo se desprende del extremo de un habano, que reposa sobre el cenicero, a la derecha del computador que se encuentra sobre el mismo escritorio. El ambiente demuestra que no es el primero, ya que el aire es sofocado como si se tratara de una cafetería en los años veinte. Un vaso de whisky a medio tomar descansa, entre sorbo y sorbo, a la izquierda.

Sentado frente a la pantalla, tecleando a una velocidad demencial y con la luz blancuzca iluminando tétricamente su rostro, se encuentra el dueño de casa.

Todo acomodado minuciosamente se encuentra en su *templo*, como a el le gusta llamar a su escritorio. El sonido de sus dedos pasando sobre las teclas es acompañado tan solo por el *tick-tack* de un reloj que la oscuridad oculta.

Su concentración es máxima y solo detiene la escritura, de tanto en tanto, alternando entre el whisky y el habano, para luego, continuar escribiendo poseído por sus ideas.

Frederich es un escritor generalmente de novelas de terror. Solitario, tan lúgubre como su sala y adicto a abstraerse de la realidad, ya sea sumergiéndose en sus novelas como también, mirando alguna serie o película de su género predilecto. Aunque esto ultimo ya no es tan habitual. Se encuentra tan acostumbrado al genero que hasta se le ha vuelto, últimamente, más que predecible. Algo que trata de evitar en todos sus escritos — no siempre cumpliendo su cometido —

La vibración de un celular dentro de su bolsillo derecho, acompañado del característico zumbido, comienza a distraerlo. Sin embargo, elige continuar la escritura y luego de varias veces, la vibración cesa, solo por unos segundos, para luego comenzar a sacudirse nuevamente. La insistencia le hace pensar que algo importante haya sucedido, ya que no es una persona que reciba muchas llamadas.

Busca en su bolsillo y se hace de él.

—¡Hasta que decides contestar! — exclama una voz masculina del otro lado del audífono. Voz a la cual reconoce de inmediato.

—Hola Carlos— responde desganado —. Sabes muy bien que cuando estoy trabajando no contesto llamadas —¿Algo importante?

—Decime que por fin terminaste ese bendito, bueno… en tu caso, maldito libro.

Carlos Rumbert es su editor. Aquel que se encarga en perseguirlo hasta que le entregue un buen material. Hace un mes que lo llama al menos dos veces por semana y el motivo siempre es el mismo.

Media sonrisa se dibuja en el rostro de Frederich al visualizar ya su respuesta.

—Me temo que hoy es *el* día querido Carlos. Estoy cerrando el ultimo capitulo.

—¡Muy bien… por fin! Ese es mi escritor favorito.

Federico, al escucharlo, adopta una expresión de cansancio. Esa misma frase la escucha al terminar cada libro, pero durante el proceso, solo son presiones y más presiones.

—Si, si Carlos ¿Cuándo no se venden piensas lo mismo?

—No digas eso querido. Sabes muy bien que siempre estoy a tu lado.

Por mas que le pese lo dicho, es una gran verdad. Si bien Frederich tiene en su haber mas de quince novelas publicadas, ninguna ha sido un *best seller*. Así y todo, Carlos siempre confió en él.

—Ni bien lo tengas terminado me lo envías por mail. Sea la hora que sea— agrega antes de cortar la comunicación.

La respuesta de Federico es totalmente cierta. Después de unos largos ocho meses y más de 12 horas por día de dedicación sin descanso, se encuentra por darle el punto final a su más reciente creación.

Al momento de escribir es extremadamente minucioso en ciertos aspectos. Sea cual fuere el tema que elige tratar en su novela, necesita siempre experimentar lo mas cercano posible al miedo que quiere transmitir.

<< *Debo despejarme un poco* >> piensa terminada la llamada, al momento en que mira su reloj de pulsera, inclinándolo de manera que la luz de la pantalla le permita ver la hora marcada. Las seis de la tarde.

Sin moverse de su asiento abre uno de los cajones del escritorio. De allí toma un pequeño control que muestra tan solo dos botones, una flecha hacia arriba y otra hacia abajo. La ascendente es la elegida y al instante, comienzan a elevarse al unísono todas las persianas del sombrío lugar.

El haz de luz que comienza a irrumpir en la casa, a medida que las persianas se elevan, es cada vez mas intenso y de un cálido naranja. La luz del atardecer es invitada a bañar todo lo que antes se encontraba escondido por oscuridad. La sala donde se encuentra su templo de escritura aparenta mas a ser un set de filmación que una simple sala de estar. Un set digno de usarse para una buena película de terror.

El reloj de péndulo, que antes solo se dejaba oír, queda al descubierto por el sol, que hace relucir su peculiar estilo aterrador. Es completamente de madera y lleva caras agonizantes moldeadas a sus costados, similares al rostro de la famosa pintura "El grito" de Edvard Munch. Todas realizadas en relieve, como espectros que quieren salir de su interior.

Hay cualquier tipo de elemento extravagante diseminado por allí. Un gran espejo, enmarcado por serpientes de hierro fundido reposa en una de las paredes, al lado de un antiguo cristalero. Hasta se pueden ver algunas lapidas, roídas por el tiempo, apoyadas contra un baúl gastado, de grandes proporciones.

Todos y cada uno de los elementos que decoran tan particular hogar, fueron adquiridos por el mismo Frederich, a lo largo de su vasta experiencia como escritor.

La vez que escribió "El cementerio maldito" — título que siempre le pareció super cliché, pero que eso no le prohibió usarlo — logró conseguir un permiso en la alcaldía de Stonelake para permanecer dentro del cementerio principal de la ciudad durante varias noches, hasta poder captar bien la esencia y la idea de la historia.

De la misma manera, aunque sin necesidad de un permiso, se alojó en uno de los hoteles de uno de los barrios más precarios, donde sus ocupantes eran asechados por espíritus errantes que habían sido asesinados allí.

En el caso de ésta, su ultima obra al momento, el procedimiento fue aun mas practico ya que es una historia relacionada con la Ouija. Por cierto, otro tema bastante cliché también, pero un día su editor le dijo — "Si quieres escribir algo que no se haya escrito nunca, estás mal. Lo importante es que cuentas y como lo haces" — por lo que decidió hacerlo de todas formas. Y así fue como se convenció de experimentar con lo que él llama *solo un juego,* donde *supuestamente* puedes tener contacto con *seres* del más allá.

Él mismo se encargó de la adquisición, pero no quería que fuera cualquier Ouija. Para eso tuvo que indagar mas a fondo en el tema, hasta que por medio de algunos contactos consiguió la que para él era la indicada. Una supuesta Ouija antigua, comprada por medio de la Deep Web. La misma que hoy descansa sobre una pequeña mesa un tanto más grande que el tamaño del tablero y en la misma sala que su templo. Siempre tuvo una sensación perturbadora con respecto a que esté donde está, pero la idea era tenerla presente hasta terminar el libro, provocándose el mismo terror que quiere transmitir a sus lectores.

Desde que adquirió aquella caja que contenía tan particular *juego,* siente la necesidad de observarla a cada rato, como si necesitara vigilarla. No sabe bien porque lo hace, pero el hacerlo, le resulta inevitable. Por eso el por qué de donde se encuentra, a la vista en la sala donde pasa el mayor tiempo, sobre una mesita, en un rincón de la sala frente al antiguo cristalero, desplegada, con su característico puntero triangular situado en el centro y lista para usarse.

Ya de pie, sin ser prisionero de su escritorio, se despereza entrelazando sus dedos por detrás de la nuca y estirando sus huesos lo mas posible. Con una torsión hacia la izquierda y luego a la derecha hace tronar su cintura mientras observa por una de las amplias ventanas, la que se encuentra más cerca de la puerta principal. A través del cristal sus ojos se bañan de un verde césped.

El jardín frontal es dividido, a la altura de la puerta, por un estrecho camino de piedras que corre desde la puerta principal hasta la acera, donde hay que cruzar una pequeña puerta de madera, estilo campestre, para terminar de salir de la propiedad.

Frederich no es un gran amante del aire libre. Siempre prefirió estar solitariamente guardado entre las gruesas paredes de su casa. Pero el hecho de querer relajar antes de dar el punto final a su novela, sumado a al hermoso atardecer que hay fuera, es lo que invita a salir.

<< *Vamos… solo me despejaré un poco* >> se dice por dentro al momento de tomar un habano, el cual coloca en el bolsillo del pecho de su camisa de tonos ocres y con un aburrido rayado. En su trayecto hacia la salida, se hace de un fino saco del mismo color que su desanimado pantalón, por si no regresa antes del anochecer, el cual no tardara en llegar en unas pocas horas. Junto a la puerta, colgadas en su respectivo lugar, están las llaves. Al tomarlas, sus ojos se desvían sobre un almanaque que estratégicamente colocó allí y el cual anuncia que es el 8 de noviembre de 2014. Detrás de él queda un habano a medio fumar, humeante en el cenicero y media medida de whisky, calentándose al lado de la computadora apagada.

Luego de cruzar la puerta de estilo campestre, elige la izquierda como el camino a seguir. Al aspirar profundamente, sus pulmones son llenados por el cálido aire primaveral. Tan solo eso le ayuda a comenzar a despejar su mente, pero no tanto como para olvidarse completamente de algo tan importante como lo es el final de su libro.

El fin de una historia, *dicen* que lo es todo. Si la historia es genial, pero el final no está a la altura, es el equivalente de tirar todo un arduo trabajo a la basura. Por lo menos así lo piensa Frederich.

La zona alta de Stonelake, como le gusta llamarla a sus habitantes, es un lugar sumamente tranquilo, de esos donde los niños juegan sin preocupaciones en la vía publica o en los jardines que tiene estrictamente cada propiedad en la zona. En fin, un lugar mucho más amigable de lo que suele ser su gente. Así y todo, puede dejar la puerta de su casa abierta, sabiendo que cuando vuelva no va a faltarle nada, absolutamente nada.

No transitan muchas líneas de transporte, ya que cada casa, a demás de lucir algo ostentosas, llevan en su frente un garaje. Aquí todo el mundo tiene su transporte personal. Casas bajas, sin ningún edificio estorbando a la vista, lo vuelven un pintoresco lugar.

El escritor recorre *su* cuadra a paso lento, sintiendo el atardecer en todo su rostro, haciéndole entrecerrar un poco sus ojos, que se arrugan en los extremos. Por unos momentos desvía su vista hacia el bulevar que divide ambas manos del asfalto — lo que le dio el nombre a esa calle, calle Boulevard, para nada original — donde observa un grupo de amantes del ejercicio. Algo que abunda en la zona alta. Pasan corriendo en fila india.

La primera parada del escritor es justo en la esquina, en la intersección con la avenida Madison, más precisamente en el puesto de diarios que se encuentra antes de llegar a la ochava.

—Buenas tardes señor Frederich— lo saludan desde dentro del puesto —. Veo que por fin decidió salir.

—Buenos días Julio— responde al detenerse frente a quien es dueño de la pequeña caja de chapa verde —. Tenia que despejarme un poco.

—¿Tenia? Por su cara creo que todavía es algo que tiene pendiente— la sonrisa de Julio, tanto como los chistes son habituales. Es increíble lo amable que puede ser manejando perfectamente el sarcasmo —. Tengo algo que puede interesarle.

La arrugada mano de julio se extiende sujetando un periódico doblado a la mitad. Frederich lo toma con cara extrañada y despliega su portada frente a sus ojos.

Es el ejemplar de hoy de "La última noticia" el diario por excelencia en todo Stonelake, en donde su noticia central se presenta con un gran titular en grandes letras **"Inexplicables muertes en el edificio 436"** Un claro material para un próximo libro. Vuelve a doblar el periódico y se lo coloca bajo el brazo. Del bolsillo trasero de su desanimado pantalón se hace de su billetera y paga por el material.

—Debería descansar un poco más. Mire las ojeras que tiene— sugiere quien lo conoce prácticamente de toda la vida.

—Los libros no se escriben solos Julio— le responde ya continuando su camino —. Cuando así sea me quedaré sin trabajo.

Diario bajo su axila continua su camino. Cruza la avenida Madison y al cabo de unos cincuenta metros ve que, de la mano de enfrente y en dirección contraria, camina un hombre al cual conoce. Al darse cuenta de quien es, Frederich desvía su mirada y rápidamente se coloca el periódico frente a su rostro, ocultándose. Espiando, no con mucho disimulo por encima del papel impreso, confirma justo lo que quería evitar. Aquella persona no solo lo había visto, sino que, además se dirige en dirección hacia él. Lo que tarde en cruzar la calle Boulevard es el tiempo que tiene para, seguramente, inventar alguna excusa. Tiempo que se le escurre de tan solo pensar que debería hacerlo.

—¿Federico?

Recién ahí y mostrándose sorprendido baja el diario, el cual vuelve nuevamente bajo la axila.

—¡Ey Javier! — Un apretón de manos y un abrazo confirman su aparente cercanía —¿Cómo estás tanto tiempo?

—¿Te escondías de alguien? — lo increpa, acompañado de una carcajada —. Hace cuanto que no te veo. Veo que saliste de tu madriguera.

—¿Esconderme yo? Solamente no te vi.

Javier Conte es un ex compañero de estudios y forma parte de un reducido grupo que continúa juntándose desde aquella *gloriosa* época.

—¿Te soltaron las paginas? Siempre nos preguntamos cuando volverás a tomar unas cervezas con nosotros.

—Es que estoy terminando mi ultimo libro— La excusa termina saliendo sin siquiera pensarla. Es verdad lo que dice, pero el ser escritor y manejarse de forma independiente, para nada lo limita de tener una vida social plena. El único que se lo restringe es él mismo.

—Si Federico— responde Javier dándole unas palmadas en el hombro —, lo de siempre. Bueno, ya sabes dónde encontrarnos.

Lamentándose por haberse mostrado *nuevamente* como un verdadero antisocial, continúa recto por Boulevard una cuadra más y gira nuevamente a la izquierda por Central Road, La calle comercial de la zona alta. Diez cuadras de locales, que van desde vestimenta hasta coquetas cafeterías. A eso es a lo que va, en busca de una reconfortante mesa para disfrutar de un aromático café leyendo su diario y aquella noticia que quedó rondando en su cabeza.

Su cafetería por excelencia es "Fiftys", ubicada en la esquina de Camino central y Antiguo viaje (primera cuadra paralela a Boulevard) El pintoresco local embellece la ochava con su particular estética de los años 50. Un gran cartel de neón con el nombre anuncia la entrada a un viaje en el tiempo. Sus paredes pintadas con un celeste pastel, asientos mullidos, tapizados en beige y mesas blancas conforman un lugar de lo mas amigable. La barra cubierta por un toldo a rayas rojas y blancas, junto a la voz de Elvis cantando "All Shook Up" saliendo por los altoparlantes, nos adentran aún más en la época. Tan solo algunos de los detalles que le agradan a Frederich, quien se sienta en una de las pequeñas mesas individuales ubicadas en la acera, donde le permiten fumar. Ya sentado en su lugar, observa hacia adentro hacia lo único realmente extravagante que posee el local. Un hermoso Cadillac, de un rosa estridente, decora el centro del salón de Fiftys.

Un cenicero que se apoya sobre la mesa es quien devuelve su vista.

—Buenas tardes, señor Frederich.

Frente a él y dispuesta a tomar su pedido se encuentra una de las meseras. Federico no puede evitar recorrerla con la vista de punta a punta recordando que, el Cadillac y la ambientación, no es lo único hermoso de Fiftys. Bandeja en mano, sosteniéndola perpendicular a su vientre, se encuentra Candela. Luciendo el característico uniforme del lugar. Una visera corta y roja, chomba de cuello rojo con franjas verticales blancas y rojas, ceñida en su cintura por una falda plato azul con pespuntes camel que deja ver sus rodillas, haciendo juego con sus zapatillas náuticas azules, de cordones blancos impolutos.

—Hola Candela— la saluda ya mirándola a los ojos —. Te dije que me llames Federico.

Siempre que se lo pide es lo mismo, las mejillas de Candela adoptan un particular rosado y una sonrisa se dibuja en su boca.

—¿Le traigo lo de siempre Federico? — pregunta la joven inclinada sobre la mesa mientras le pasa un trapo húmedo.

—Lo de siempre Candela, lo de siempre— contesta con resignación, como si su respuesta se tratara mas de su vida que de su pedido.

—¿Cómo va el libro? — La joven trata de darle conversación al notar el desgano en sus palabras. Aunque su pregunta no es algo casual. Candela se considera a si misma como la fanática número una de sus novelas.

—Va muy bien— responde ya con algo de entusiasmo —Hoy lo termino. Espero poder ponerlo pronto en tus manos.

La joven no dice ni una sola palabra y se sonroja aún más.

—El libro… de eso estamos hablando ¿no?

La aclaración rompe la tensión y juntos sueltan una carcajada. Siempre hubo mucha empatía entre ellos dos, pero la timidez de Candela y el prejuicio de Frederich sobre su diferencia de edad los mantiene a raya.

La joven mesera se retira y Federico enciende su habano. Despliega su diario que ocupa prácticamente el total de la mesa y sus ojos comienzan a recorrerlo. Lo primero que hace, por mas que haya visto el calendario antes de salir, es mirar la fecha. 08 de noviembre de 2014. Sin interponerse nada en medio, sus ojos van directamente a ese titular y continúa leyendo el copete. **Uno de los hechos más misteriosos de Stonelake, desde aquel evento de desapariciones en 1984, tiene como escenario al edificio 436 cerca de la zona rural. Seis muertes en dos días, donde no hay una causa aparente ni conexión entre los casos. Los cuerpos carentes de signos de violencia son todo un asertijo para la policía local. ¿Suicidios en masa? ¿Un asesino silencioso suelto en el lugar? Aún no hay una hipótesis firme, pero las investigaciones continúan.**

En ese momento una extraña sensación invade su cuerpo y puede identificarla. La sensación de sentirse observado. Continuando con su obstinada forma de ser, pensando que se trate de alguien que lo reconozca por su trabajo o alguien que forme parte de su pequeño círculo personal, evita despegar los ojos de las letras y continúa leyendo.

Al cabo de unos minutos regresa Candela con un café doble, el cual deposita en la mesa cuando Frederich hace a un lado el periódico.

—Si se le ofrece algo más me avisa.

—Claro que si linda— alcanza a decir antes de que la joven se retire.

La sensación de ser observado ya no está, igualmente decide mirar hacia todos lados, buscando algunos ojos que hagan contacto con él. Nadie lo observa por allí.

Lleva su mano derecha hacia el bolsillo interno de su saco y de allí extrae una pequeña petaca. La destapa y disimuladamente vierte un poco de su contenido en el café. Con la misma cautela la devuelve a su lugar.

Unos sorbos de *café* y vuelve al periódico. El copete que acaba de leer ya no dice mucho más, así que busca en su interior la noticia completa. La misma ocupa toda la pagina central. Claramente es algo importante para "La última noticia" y para la ciudad de Stonelake.

Al momento de sumergirse en las letras vuelve la misma sensación, pero esta vez de una forma más intensa, al punto en que le es imposible hacerse el indiferente. Levanta su mirada y recorre su alrededor. Ve gente con la vista pegada al celular como si fueran zombis, una madre camina junto a su niña la cual disfruta un esponjoso algodón de azúcar, una pareja sentada en un banco sobre la acera se acaricia amorosamente. Nada fuera de lo común, ni nadie que lo esté mirando, pero la sensación no lo deja tranquilo y continúa buscando.

Desde dentro de Fiftys, Candela lo observa. Le llama la atención la actitud de Frederich mirando hacia todos lados. Aunque no es la mirada de Candela la que genera esa sensación en el escritor.

Una figura atrae poderosamente la atención de Federico y justamente es quien tiene sus ojos clavados en él. Caminando hacia él, se aproxima una mujer exquisitamente bella. Su piel es tan blanca como la nieve, luce una elegante capelina negra que evita que el sol se proyecte sobre su rostro. Su pelo super lacio, negro como el petróleo, salvo por un mechón blanco que sale del costado derecho de su frente, cae como cascada sobre sus hombros. Sus ojos haciendo juego con el cabello, oscuros como la noche, fijos en Frederich que observa hipnotizado como se acerca a él.

Su andar es sumamente elegante. Imposible no mirarla con el vestido entallado y de color rojo que lleva puesto, junto con unos zapatos taco aguja que combinan perfectamente con su vestimenta y con sus labios pintados del mismo tono. Una pequeña cartera negra cuelga de su hombro para terminar de completar una imagen de lo más cautivadora que avanza hasta ubicarse junto a un embobado Frederich.

El escritor observa como esos carnosos labios se mueven, pero las hormonas en su cabeza se interponen entre las palabras y sus oídos.

—¿Perdón? — dice una vez que vuelve en sí.

—Que si tienes fuego— repregunta y de su cartera se hace de una cigarrera dorada que, a estas horas, reluce con tonos anaranjados por el sol que ya quiere ocultarse. Toma un cigarrillo y lo sujeta con sus dientes, para luego acercar su cara hacia él.

—Eeee… si, toma— contesta como un estúpido.

El fuego se presenta desde un encendedor zippo. La llama roza el tabaco, ella inspira quemando el cigarro, para luego expulsar el humo hacia arriba, acompañado de lo que parece un suave gemido de satisfacción.

—No sabes las ganas que tenia de fumar. Muchas gracias— pronuncia amablemente para luego retirarse como vino. En el mismo sentido en el que caminaba antes de detenerse.

Tan solo unos segundos pasan antes de que vuelva a guardar el encendedor y deja que aparezca una sonrisa en su rostro, al momento en que gira su cuello para observar el movimiento de aquel vestido rojo que se aleja indiferente.

Sin dudas fue sobrepasado, tanto por la situación como por la actitud de aquella cautivante mujer. Su sonrisa es porque no fue capaz de decir algo elocuente más que un -eeee… si, toma- Algo que sonó tan tosco como un saludo de tribu.

Sorprendido como está, se acomoda en la silla y mira hacia

dentro de la cafetería. Puede ver como Candela lo observa extrañada. Con un gesto le pide a la joven que se acerque y la mesera acata la orden.

—¿Todo en orden Federico? — su tono es de preocupación, al igual que la expresión de su rostro.

—¿Conoces a esa mujer?

—¿Qué mujer?

Frederich se da vuelta, pero no hay señales de aquel vestido rojo ni de su curvilínea figura.

—La del vestido rojo… Vamos Candela. Vi que estabas mirando hacia aquí.

—Claro que lo estaba haciendo, si parecías un loco mirando para todos lados y prendiendo el encendedor como en un recital.

—Perdón Candela, debo de estar muy cansado— decide terminar la charla al ver con la extrañez con que lo mira la joven. Si realmente no había visto a la mujer y sigue insistiendo con el tema, va a pensar que está volviéndose loco.

—No te preocupes Federico, seguramente es cansancio.

Candela elije creer que solo se trata de eso y el estrés de culminar una obra. Prefiere creer eso antes que pensar que su escritor favorito está enloqueciendo después de tantos escritos de terror.

—¿Te puedo ayudar en algo más? — pregunta amablemente.

—Por ahora no linda. Tráeme la cuenta por favor.

Frederich termina su "café". Paga y deja la correspondiente propina antes de retirarse, nuevamente con el diario bajo su axila.

Camina hasta Boulevard para tomarla a su derecha, con dirección a su hogar, con la decisión firme de que ahora si terminará el libro y se lo enviará a Carlos antes de un sueño de lo mas reparador.

Su trayectoria es directa, por lo que no piensa detenerse hasta llegar. Pero luego de caminar una cuadra por Boulevard ve algo que lo deja realmente desconcertado. A cincuenta metros de él, doblando en la esquina y en su dirección viene caminando la misma mujer del vestido rojo. << *Tengo que decir algo más esta vez* >> piensa mientras se aproximan. Sus miradas se entrelazan y se mantienen fijas como hace minutos atrás. El sonido de los tacos acrecienta a medida que se acercan, a él le parecen retumbar en su cabeza.

—Disculpe— dice él, interponiéndose en su trayectoria — ¿La conozco?

—Enloquecerías— es la única palabra que la dama utiliza como respuesta antes de pasar a su lado con indiferencia, dejando al escritor sin saber que pensar y tan desconcertado como antes, viendo como aquella misteriosa mujer se aleja y da vuelta en la primera esquina sin siquiera detenerse.

Ni bien gira y sale de su campo de visión, Frederich va tras ella con paso apurado. Tan solo cincuenta metros y los recorre rápidamente hasta llegar al punto en donde la perdió de vista, pero para sorpresa de él, la mujer del vestido rojo no se ve por ninguna parte. Es como si se hubiese esfumado en aquella cuadra.

<<*Imposible que viva por aquí y no la conozca*>>

En el mismo estado de confusión y dándole vueltas a la idea de que es lo que le está sucediendo, ingresa a su casa.

El sol ya se ha ocultado. La morada se encuentra en completo silencio, salvo por el habitual sonido que emite el tétrico reloj de péndulo.

Camina hasta su templo a oscuras y en su camino enciende una lampara de pie que hay junto a un sillón. Ni bien se ubica en su escritorio prende la computadora. Se encuentra dispuesto a terminar su libro, no sin antes, con el control, obligar a sus persianas a que se cierren por completo. Agarra el vaso de whisky que nunca terminó de beber y sin dudarlo lo vacía en un pequeño tacho que reposa junto al escritorio, repleto de papeles arrugados como bollos. Del lado contrario, también sobre el suelo, descansa una botella cuadrada con menos de la mitad de su contenido, con la cual vuelve a llenar su vaso. Del cajón extrae un nuevo habano que enciende y lo deja en su boca al momento en que sus dedos comienzan a recorrer el teclado nuevamente a una velocidad frenética, a un ritmo constante y sin detenerse mas que para quitarse el habano de la boca cuando sus ojos comienzan a irritarse por el humo, y también para alternar con pequeños sorbos de whisky.

La escritura es interrumpida por una nueva llamada que ingresa a su celular que yace sobre el escritorio. Sin tomarlo, tan solo ubicándolo de manera de poder leer, chequea lo que muestra la pantalla. La misma indica una llamada entrante de alguien a quien tiene agendado como Agustina seguido de un corazón. Al ver quien lo requiere no duda en contestar.

—¡Agustina! Que sorpresa— se muestra entusiasmado.

—Sorpresa es escucharte a ti de buen humor.

Agustina es la mujer con la cual Frederich estuvo casado durante diez años y de quien se separó hace cinco. De su unión nació Joaquín, que tiene la misma cantidad de años que ellos tuvieron de matrimonio. Su exmujer e hijo viven en una propiedad a las afueras de Stonelake. Una propiedad cedida por él, al momento de la separación. La que era la casa de vacaciones de la familia.

El fin de su matrimonio se encuentra lejos de ser algo agradable y en buenos términos. La pareja se fue desgastando, como el pie derecho de la estatua del Vaticano que muestra a San Pedro, ya carente de dedos por causa de los toques y besos de sus peregrinos. Frederich fue devorado por la pasión y devoción hacia la escritura, lo que lo llevo a descuidar a su familia a niveles máximos. Agustina, al ver que la obsesión de Federico con sus historias no disminuía en lo mas mínimo, al contrario, se volvía cada vez mas aislado de su entorno, no tuvo más opción que ponerlo entre la difícil y cruel elección entre su trabajo y la familia. Por lo que ya sabemos cuál fue la decisión que tomó.

—¿Sucedió algo? ¿Está bien Joaquín? — pregunta, sabiendo que cada llamada de su expareja es para anunciar algo que necesita. No porque ella no sea una mujer independiente, que por cierto lo es, sino porque la ley es la ley. En esta ocasión lejos está de ser monetario el tema.

—Joaquín está bien, pero a mi me surgió hacer una presentación *importantísima*.

—Ajam… ¿Y?

—Como es mañana y me surgió de improvisto, no tengo con quien dejarlo. Viendo que también tiene padre tengo pensado en subirlo a un micro a última hora y que lo pases a buscar por la terminal bien temprano. ¿Qué dices?

—¿Qué te voy a decir Agustina? Si parece que ya haz planeado y organizado todo— Frederich observa la hora marcada en el reloj de péndulo.

—Bueno *Federico* ¿Hace cuanto que no ves a tu hijo? ¿Ocho meses? — cuestiona enfadada.

—Está bien mujer— el desgano rebalsa de su boca.

—¿Ves como puedes ser *amable* cuando quieres? Y hazme un favor… trata de no asustarlo como la última vez.

—*Prometido*— afirma el escritor cruzando los dedos de su mano.

—¡Genial! — el tono de Agustina cambia de forma drástica. —Después te envío por mensaje la empresa por la cual viaja y a la hora que llega a la terminal de Stonelake.

—No hay problema. Cualquier cosa hablamos.

—Una cosa más— agrega Agustina antes de cortar —Creo que tu agente sabe que no vives aquí ¿no?

—No se de que estas hablando Agustina. Carlos sabe perfectamente que esta es mi casa. Hace ya cinco años— responde casi riendo, como sabiendo que se trata de tan solo una broma.

—Ya lo sé, pero pensé que habías cambiado de agente. Hace una hora vino alguien a buscarte.

—No tengo idea de quien pueda ser ¿Dejó algo dicho? ¿Dijo su nombre?

—No dijo nada, solo preguntó por ti. Cuando le dije que no vivías aquí se fue como vino. Pensé que la habías elegido por la figura que lucia en ese vestido rojo.

<<*Es solo una coincidencia*>>

—¿La conoces? — cuestiona al no recibir palabra de Federico.

Frederich se percata que, por mas que piense que es imposible, se había quedado en silencio.

—No. No tengo idea de quien puede ser. Cuídate Agustina.

La llamada finaliza y la cabeza de Frederich comienza a dudar. Su mano revuelve sus cabellos mientras por un momento aleja la idea de la coincidencia y se pregunta si aquel vestido rojo seria el mismo que vio el día de hoy. Pero tan solo hay una justificación que demuestra que es pura coincidencia. Una justificación tan coherente, que lo devuelve a sus cabales. Agustina y su hijo viven en las afueras de Stonelake, no hay manera posible de que aquella mujer haya llegado, en una hora, desde la zona alta hasta allí.

<<No puedo pensar en esto. Tengo un libro que terminar>>

Sin moverse de su templo, observa el vaso de whisky que lo acompaña y, bebiendo por completo su contenido, trata de despejar su mente y enfocarse nuevamente en las teclas de su pc. Lo logra y después de un hondo suspiro sus dedos comienzan a correr nuevamente.

Las horas pasan y Frederich no se detiene ni siquiera para cenar. El momento es ahora. Carlos está esperando que, como prometió, esta noche le envíe el maldito libro terminado. Sin contar que mañana lo espera un día junto a su hijo de diez años. Lo que indica que no habrá tiempo para la escritura.

A esta altura ya lo tiene prácticamente cocinado. La ultima frase, el punto final y dará por terminado su mas reciente trabajo. Para él, el mejor de todos.

La última palabra es colocada, sus dedos se detienen, aleja el rostro de la pantalla y su espalda reposa en el respaldo de la silla. Eleva su mano derecha y la hace descender en cámara lenta, haciendo el típico sonido de "Psicosis" de Hitchcock, con su dedo índice en dirección al punto final. A escasos milímetros de llegar a la tecla que concluirá su obra, la computadora se apaga por completo.

La palabra *¡NO!* es escupida por su boca reiteradas veces, para luego suplicar que se haya guardado el archivo. Varios intentos después de que la computadora no responda, desiste.

Se pone de pie y acciona el interruptor de la luz general de la sala. Rápidamente se dirige a chequear el cable de alimentación, suponiendo que se ha quedado sin batería y en su alocada carrera de escritura haya pasado por alto el aviso de *batería baja*.

Su ceño se frunce al ver que el cable está perfectamente conectado. El interruptor rojo, que se encuentra al costado del del tensiómetro utilizado exclusivamente para el pc, muestra una brillante luz que lo hace brillar. Por mas que haya corriente eléctrica en la casa, por alguna razón, que desconoce totalmente, su computadora está muerta.

El timbre de su casa suena, haciéndolo erguir exaltado. Por unos segundos, mientras su ritmo cardiaco vuelve a la normalidad, se queda inmóvil. Luego dirige la vista hacia el reloj de péndulo, que marca las 2:17 de la madrugada << *¿Quién puede ser?* >> Si hasta él mismo no recordaba como es el sonido de su propio timbre, debido a su vida de ermitaño. ¿Quién podía estar en su puerta siendo la hora marcada?

A buena velocidad y con paso seguro se dirige hacia la puerta. Toma las llaves de uno de los ganchos del portallaves que colgó junto a la puerta, al lado del calendario. Dos vueltas rápidas y abre sin titubear.

Nada. Nadie se encuentra al otro lado de la pequeña puerta campestre y mucho menos en los escalones que preceden la entrada.

Con una mirada consternada recorre su jardín, da un paso adelante para tener un mayor campo visual, pero es lo mismo. Nada ni nadie se encuentra cerca, salvo que la ardilla que ve trepando a un árbol cercano haya venido a pedirle un autógrafo. Teniendo en cuenta de que sepa como tocar un timbre. El solo pensarlo le saca una sonrisa y tan solo eso logra disipar el nerviosismo causado por la situación.

Retrocede, cierra nuevamente con llaves y las devuelve a su lugar. Al recordar la hora, arranca la primera hoja del calendario, dejando visible al número 9 del corriente mes. Se la lleva hecha un bollo en su palma y con el mismo paso firme vuelve a su computadora, deja la hoja maltrecha sobre el escritorio e intenta encenderla una vez más. Un suspiro profundo acompaña la luz que por fin se enciende.

—Espero que se haya guardado— vuelve a implorar.

Mientras espera, vierte una nueva medida de whisky en su vaso y luego un de par de tragos, reposa su espalda en la silla. Le da el tiempo suficiente a la maquina para que inicie el sin fin de programas que suele arrancar cada vez. Una vez lista, enciende su habano a medio consumir, y se dirige con el ratón directamente a buscar el archivo en cuestión. Lo abre y el circulo de tortura que se muestra al cargar aparece. Su nerviosismo hace que golpetee con las yemas de sus dedos sobre la madera del templo mientras espera.

Por fin carga el archivo y se dirige a la ultima página, donde comprueba que afectivamente se guardó. En esta ocasión el suspiro es más prolongado.

Sin perder tiempo, con el habano entre sus dientes humeándole la cara, abre su correo electrónico y tipea la dirección de su editor. Adjunta el archivo y el puntero se aproxima a *enviar,* pero antes de que llegue a escucharse el *clic,* la computadora de apaga nuevamente.

Con un golpe de puño a su templo demuestra su fastidio. Para luego darle lugar a otro sonido. El timbre vuelve a sonar <<*Esto debe ser alguna broma*>>

Se levanta empujando la silla hacia atrás con las piernas. Sus movimientos son exactamente los mismos. Las llaves del gancho, dos vueltas rápidas y bruscamente abre la puerta. No solo sus movimientos fueron exactos. Nada ni nadie se encuentra allí, salvo la misma ardilla, que vuelve a subir por el mismo árbol.

Esta vez no existe el paso hacia adelante, de manera que, luego de chequear por unos segundos, cierra nuevamente. Vuelve a colocar las llaves en el gancho y su mirada se desvía al calendario casi por inercia. Ahora su frente acompaña a su ceño fruncido y es a causa de lo que ve. El calendario muestra un gran numero 8 y no hay rastros de haber sido arrancado. Sobre su escritorio no hay ningún papel maltrecho. El timbre vuelve a sonar.

Vuelve a girar hacia a la puerta y observa por la pequeña mirilla. Lo que él pensaba que sería más de lo mismo, en esta ocasión muestra una diferencia. Si bien no hay nadie, ahora la puerta de estilo campestre se encuentra abierta y moviéndose lentamente con un sutil vaivén. Su corazón late con mas fuerza y su respiración se siente entrecortada. Se mantiene inmóvil, con el ojo en la mirilla y su pupila clavada en la puerta abierta. 1, 2, 3… y el timbre otra vez. Un escalofrió recorre su espalda al escuchar como el timbre suena continuamente sin que nadie lo esté tocando.

En ese momento puede abstraerse y verse asustado como un niño. Eso mismo es lo que lo hace salir, al menos un poco, de esa sensación y tomando coraje abre la puerta. Caminando, avanzando lentamente por el camino de piedras, mientras el timbre continúa con un *rriiinn* constante. Trata de auto convencerse de que solo se trata de una falla en el dispositivo.

Recorre el camino en su totalidad y al llegar a la puerta el sonido cesa, al igual que su andar << *Es solo un timbre fallando* >> se dice a si mismo al verse inmóvil otra vez y avanza un poco más. Luego de varias pruebas, dando pequeños timbrazos, se convence de que solo se trataba de eso.

—Mañana voy a tener que chequearlo—

Ya dentro de su hogar vuelve a cerrar con llave y, contraponiendo a su pensamiento, coloca el pasador << *Por las dudas* >> Cuelga las llaves y arranca la primera hoja del almanaque. Camina hacia su escritorio, pero se detiene a medio camino. Como es habitual desde que la adquirió, su mirada se desvía, casi involuntariamente, hacia la Ouija, aún ubicada sobre la pequeña mesa en el rincón.

Algo llama su atención mas que otras veces y se aproxima para comprobar que, el puntero triangular, se encuentra sobre la palabra *"NO"*

—Creía haberlo dejado en el centro—Realmente no lo recuerda bien ahora, pero así era.

Se limita solo a pensar que toda esta "paranoia" se debe a un largo día de escritura, la presión por terminar el libro, la llamada de Adriana… un coctel completo de estrés, tomado con whisky.

Su mano derecha vuelve a colocar el puntero en el centro y

vuelve, a ver si por fin puede enviar a Carlos el *maldito* libro. Nada fuera de lo normal, la computadora enciende a la primera, el libro está completo y de una vez envía su trabajo a quien tanto lo esperaba.

Con el certero pensamiento de que ya es demasiado por hoy, comienza a acomodar un poco su templo. Apaga lo poco que queda de habano, vacía el whisky servido en su boca y, tanto vaso como cenicero, se guardan en uno de los cajones. El mismo en el que está el control de las persianas.

Cruzando la sala, en dirección a su habitación, vuelve a él la misma sensación que tuvo esa tarde. Como si tuviera dos ojos clavados en su nuca. Una mirada punzante como flecha. La sensación es mucho mas intensa, lo que le parece una locura. Las persianas están cerradas y en la casa no hay mas nadie que él. << *Será mejor que vaya a dormir* >> y vaya que lo será. A primera hora debe ir por su hijo a la terminal central de Stonelake.

Tan solo dos pasos, luego del pensamiento, se escucha un golpe metálico. Un golpe similar a algo que ha golpeado una de las persianas frontales. La sensación comienza a tomar mas fuerza. Gira sobre sí mismo en dirección al ruido y otro golpe se escucha en la ventana. La incomodidad se hace presente en su cuerpo anunciada por un escalofrió que recorre su espalda. Un tercer golpe, con una potencia capaz de magullarla, basta para que corra en su escritorio. Toma el control de forma apresurada, hasta algo torpe, y acciona las persianas.

Su mirada se encuentra fija en como se eleva la cual recibió los golpes. La misma, junto a las demás, sube lentamente. Ya puede ver el verde césped del parque delantero iluminado por las luces exteriores. Continua su ascenso que, debido a los nervios, parece durar mucho más. Ya se encuentra por encima de la verja y es ahí cuando la respiración de Frederich comienza a agitarse mientras que sus ojos develan algo que lo deja atónito. Sobre la acera, del otro lado de la verja está aquella mujer, con el mismo vestido rojo, estática, salvo por su pelo que ondea al viento y el humo del cigarro que sostienen sus labios petrificados.

Ambos se están mirando y así permanecen durante unos

instantes. Frederich está congelado y recién logra reaccionar al momento en que la mujer comienza a caminar lentamente hacia la avenida Madison, alejándose de la pequeña puerta campestre.

Sin saber que pensar, Frederich se dirige a la puerta, quita el pasador y la abre con énfasis. La mujer ya no está. Cruza raudamente el camino de piedras y al llegar a la acera mira hacia la esquina, donde la ve doblar. Rápidamente pierde contacto visual.

Piensa que es una locura al verse nuevamente siguiendo a esa misteriosa y tan bella mujer, al igual que esa misma tarde. Pero, a diferencia de hace unas cuantas horas atrás y corriendo rápidamente, esta vez no pierde su rastro. Escondido detrás del primer árbol de Madison puede ver como la dama de rojo cruza la calle que, mojando sus suelas en la zanja junto al cordón, va cruzando diagonalmente la avenida para luego ingresa a un edificio, no sin antes pasar por encima del césped y hundir sus tacos en tierra.

<< *¿Un edificio?* >> Sus ojos o su mente vuelven a engañarlo.

Frederich hace años que vive aquí y sabe muy bien que no hay edificios en la zona alta. Uno de los grandes motivos por los que le gusta vivir allí. Sabe perfectamente que ese edificio que se muestra casi a mitad de cuadra y que tiene cinco pisos jamás existió << *Esto ya comienza a ponerse demasiado raro* >>

La dama de rojo suelta la puerta a sus espaldas, la cual se cierra lentamente gracias al sistema de fuelles que tiene. Frederich corre para llegar a introducir la punta de su zapato justo antes de que se cierre. Aguarda unos segundos, respira profundo e ingresa al, para él, inexistente edificio.

No hay señales de la dama de rojo en la zona de ascensores, pero puede oír sus tacos golpeando contra la cerámica del suelo. Pequeñas huellas de tierra húmeda indican que el ascenso de los tacos es por la escalera. Decidido, pero con cautela, Frederich va tras las huellas, las mismas que desaparecen luego de unos cuantos escalones. Sus oídos aun escuchan los tacos así que continúa, escalón por escalón.

Treinta escalones lo llevan al primer piso, donde entre los ascensores hay un gran 1 indicándolo. Unos cuantos pasos por el palier y continúa subiendo. El numero Dos lo espera luego de treinta escalones mas y es ahora cuando lamenta el fumar tanto. De forma mas lenta recorre el tramo que lo invita a continuar el ascenso. Piso numero tres y esta vez descansa unos segundos con su mano contra la pared. Toma una gran bocanada de aire y comienza a subir de dos en dos, lo que rápidamente lo lleva al quinto piso. Aún así, la dama de rojo no se deja ver. Su vista recorre el palier del quinto piso de lado a lado << *¿Habrá subido a la terraza?* >> se pregunta y sin dudarlo toma las escaleras que continúan subiendo. Pero a diferencia de hasta ahora, en la curva que hace la escalera, siente que el ruido de los tacos desaparece.

Termina de subir el ultimo tramo y muy lejos está de lo que esperaba. Entre los ascensores lo recibe un gran número uno.

—¿Primer piso? ¿Qué demonios es esto?

Sin siquiera pensarlo comienza a subir nuevamente, pero de manera alocada, dando alguna que otra zancada de tres escalones. Segundo piso, tercero, cuarto, ya en el quinto piso sus oídos captan el ruido de un golpeteo metálico. Un piso mas y por fin se encuentra en un oscuro palier que termina en una puerta abierta, golpeteando contra el marco, llevada y traída por el viento.

Con la mano sobre el pecho, como queriendo atrapar a su corazón que late con la fuerza necesaria como para salir, se aproxima a la puerta y la cruza. Del otro lado lo aguarda una extensa terraza completamente vacía y con una pequeña pared, de unos escasos treinta centímetros, que la contornea.

Lentamente camina unos metros mientras recorre el perímetro con la vista, en busca de la misteriosa dama. Nada a la derecha al igual que a la izquierda, pero frente a él, del otro lado de la pequeña pared, puede ver como unos pelos oscuros, acompañados de un mechón blanco, revolotean al viento.

—¿A caso ahora flota? — se pregunta mientras avanza en dirección a los cabellos. Si bien continúan ondeando, a medida que va acercándose, los cabellos comienzan a descender hasta perderse de vista, como si realmente estuviera levitando.

Avanza un poco más, hasta chocar la punta de sus zapatos contra la pequeña pared. Algo en el interior de su cuerpo le dice que no debe asomarse, pero la adrenalina por vivir algo que le parece de lo mas descabellado, hace que le sea imposible evitarlo. Inclina su cuerpo hacia adelante y lleva su mirada hacia abajo. Ni pelos, ni vestido rojo. En ese momento escucha un pequeño sonido metálico detrás de él. Se da vuelta ni bien el *clic* llega a sus oídos. Ahora sí, justo frente a él y con su cigarrera dorada en mano, se encuentra la dama de rojo.

Frederich no puede evitar soltar un grito al verla y la dama de rojo, aprovechando su reacción, le introduce con fuerza la cigarrera dorada en la boca. A su mismo tiempo empujándolo y tirándolo de espaldas al vacío.

El pavimento de la avenida Madison se percibe diminuto, a kilómetros de distancia. La caída se siente eterna. La ropa de Frederich ondea mientras sacude todo su cuerpo. La cigarrera dorada, trabada en su mandíbula, ahoga un grito de terror. Sus ojos recorren las ventanas de los pisos infinitos que pasan a tremenda velocidad. Solo las ventanas de las escaleras muestran luz, pero luego de decenas de pisos dejados atrás, no solo es eso lo que muestran, sino que también dejan ver una figura que se repite una y otra vez en todas las ventanas siguientes. Al principio es solo una figura, pero al repetirse, a esa velocidad, como en diapositivas, alcanza a ver a la dama de rojo fumando su cigarrillo.

La avenida Madison se aproxima a una velocidad abrumadora. Su mirada es llevada instintivamente hacia su estrellado final. Logra escupir la cigarrera y alcanza a cubrir su rostro cruzando sus brazos, como si eso pueda ayudar en algo a amenizar semejante caída.

Con un espasmo de ahogado abre los ojos y se sienta rápidamente. Su pecho se infla y desinfla mostrando una enorme agitación, mientras que las gotas de su cuerpo todo transpirado, caen sin cesar mojando las sabanas de su cama. Confundido y con cara de dolor observa hacia los costados al momento en que con su mano derecha se toca la mandíbula.

<< *¿Qué demonios fue esa pesadilla? Al final ¿Cuántos pisos tenía ese edificio?* >>

Aun sin entender y con su cabeza dando vueltas piensa que solo se trató de eso, una inquietante pesadilla.

Al costado de su cama puede ver una botella de whisky, vacía y tumbada en el suelo. Eso despeja su dilema de no acordarse cuando se acostó.

—Sin dudas fue una horrenda … — Sus palabras son acalladas por un punzante dolor. Su ceño se frunce y su mano presiona su boca. Siente como si de la noche a la mañana, un sin fin de caries hubieran atacado a cada uno de sus dientes, sumadas al extraño sabor metálico que capta su lengua, como si hubiera estado mascando clavos << *Tengo que dejar ese whisky barato* >> piensa mientras se levanta y vuelve a mirar al *cadáver* vacío sobre la alfombra. Adormecido como está se dirige al baño, aún con la mano sobre su rostro, apretando al dolor.

La canilla de agua fría es accionada y con abundante liquido refriega su cara. Luego de secarse con una pequeña toalla blanca se observa en el espejo. Lejos está de gustarle lo que ve. Sus ojeras se muestran cada vez mas grandes y oscuras. En su cabello puede contar cada vez mas canas que, aunque piense que no le sientan nada mal, claramente denotan el paso del tiempo. Algo en lo que no le gusta pensar mucho.

En ese momento puede ver, por el rabillo de su ojo derecho, un humo blanco y espeso que corre por encima de su hombro, pero que no se dejar ver reflejado en el espejo. Ahí es cuando el sabor metálico se presenta de forma mas intensa y el interior de su boca se humedece en su totalidad, inundándose como camarote del Titanic. Un hilo húmedo y rojo se filtra por la comisura de sus labios y lo obliga a abrir la boca, dejando caer desde dentro de ella, una literal cascada de sangre sobre su pecho.

El espanto es inevitable y se inclina sobre las canillas para abrirlas, diluyendo solo un poco el rojo que ahora llena el fregadero. Con el fin de enjuagar su boca, se agacha un poco más.

Detrás de él, la dama de rojo, de pie y con un cigarrillo aprisionado por sus dientes.

La sangre continúa brotando sin parar, es imposible contenerla, a tal punto que el fregadero, sin tapa alguna, se llena hasta rebalsar.

A esta altura el baño está más cerca de parecer un matadero, con sangre por doquier. Un verdadero deleite para la dama de rojo, como lo demuestra su siniestra sonrisa. Sus labios se separan y el cigarrillo, teñido en su filtro por su labial carmesí, cae dando vueltas hasta apagarse contra la sangre con su característico *tsss*. Ahora el cigarrillo completo muestra el mismo color y se humedece al instante. La boca de Frederich continúa abierta, pero la catarata sanguinolenta se detiene.

Frederich toma una gran bocanada de aire, la propia sangre lo estaba asfixiando. Respirando de forma frenética se mantiene apoyado en las canillas luego de cerrarlas, mientras que, el cumulo de sangre, continua sin desaparecer en la rejilla carente de tapón.

La dama de rojo continua a sus espaldas y sin que el escritor pueda verla, ya que, ni siquiera su imagen se muestra en el espejo. El *clic* que produce el cierre de la cigarrera dorada sobresalta a Frederich que, al primer movimiento, sus pies comienzan a resbalar en el piso ensangrentado. Ambos pies se deslizan de un lado al otro mientras evita caer aun aferrado al desbordado fregadero. Logra controlarse, pero sus pies quedan bastante alejados entre sí. Así como está, gira su cuello lo más posible para mirar por encima de su hombro, mas allá de su espalda. Nada ni nadie se encuentra allí más que él.

Su mirada vuelve a la sangre acumulada que, a causa de la apertura de sus pies, se encuentra muy cerca de su rostro, pudiendo identificar perfectamente su olor metálico. Juntando sus plantas, patinando sobre aquella pista de hielo rojo, se eleva hasta volver a su altura habitual.

Luego de dudarlo unos instantes, introduce su mano derecha en el charco bajo las canillas, en busca de aquello que no permite su drenaje. Su ceño se frunce cuando sus dedos hacen contacto con algo no muy consistente. Jala hacia arriba y siente como aquello se desprende, como si no estuviera sacándolo por completo e igualmente escucha el fluir por la cañería. Con su mano aun chorreando sangre comprueba que, lo que tapaba el fregadero, es tabaco húmedo y teñido de rojo.

Con ayuda de ambas manos comienza a hurgar en el tabaco, olvidándose completamente de la pista de hielo, cuando su pie izquierdo se desplaza rápidamente hacia su costado. Por la fuerza ejercida en busca de un apoyo firme, su pie derecho patina hacia adelante y el cuerpo del escritor ya se encuentra en picada. Sin lograr aferrarse, sus brazos se sacuden. El tabaco teñido vuela por los aires y antes de que el cuerpo llegue al suelo, su trayectoria es interceptada. Su cabeza golpea contra la letrina antes de llegar a la sangre todavía derramada.

Con el mismo espasmo que hace minutos atrás vuelve a despertarse en su cama. Lejos está de sentir tremendo golpe en la cabeza y mucho menos el dolor en su boca, aunque aún siente ese gusto metálico.

Se levanta, va al baño y comprueba de que se encuentra en perfectas condiciones. Vuelve a sentarse sobre su cama y allí se queda unos minutos, frotando su frente y tratando de entender que es lo que sucede. Pero su pensamiento es acallado por un recuerdo mas importante.

Se alerta y mira hacia el reloj, posado sobre la pequeña mesa de luz, a la derecha de su cama.

—Agustina me va a matar— se escapa de sus sorprendidos labios.

Son las 12 del mediodía y tenia que buscar a su hijo a primera hora por la terminal de ómnibus.

Apresurado y a los tropezones se lanza sobre el armario en busca de su ropa. Su mano se hace del primer pantalón que encuentra, uno tan aburrido como los demás, y se lo calza sin vacilar. Estira su brazo y toma una percha de la cual cuelga una camisa blanca. Al querer descolgarla, la percha se atora en la prenda contigua. Frederich, envuelto en su frenesí, jala tan bruscamente que la madera de la percha choca con su boca. El interior de sus labios se humedece por demás y, con su dedo índice, comprueba que el golpe le provocó un pequeño, pero sangrante, corte en su interior.

Soltando un sinfín de maldiciones termina de vestirse, se dirige al botiquín del baño y enjuaga su boca. El solo hecho de verse reflejado en el espejo le produce escalofríos, al recordar perfectamente lo que anteriormente sucedió allí. Vuelve a su habitación y toma su celular.

Agustina le había dicho que le enviaría un mensaje con la información para buscar a Joaquín, pero la pantalla no muestra mas que la hora y la fecha << *¿Ocho de noviembre?* >>

El dolor regresa a su dentadura, con la misma intensidad de antes.

Entre sus contactos busca el número de su exmujer y llama sin dejar de refregarse el mentón con la otra mano. Dos tonos de llamada y Agustina contesta.

—¿Federico? — es su primera palabra —Que raro *vos* llamándome— agrega con una pisca de ironía y aun mostrándose sorprendida.

<< Mas rara fue mi noche >>

—No se qué tendrá de raro, pero me has dicho que me mandarías un mensaje— reprocha, pero con cautela, sabiendo que a él se le ha pasado la hora. Su habla denota su batalla contra el dolor.

—No se de que me estás hablando Federico.

Frederich pasa a relatarle toda la conversación del día anterior, pero usando exactamente las mismas palabras, como si estuviera interpretando el dialogo en una novela.

—Es verdad que hoy tengo un desfile y precisamente en Stonelake, pero ayer no hablamos en ningún momento.

Con total desconcierto, el hombre vuelve a dejarse caer en la cama y revuelve su cabeza mientras piensa. Por un lado, es un alivio el no haber olvidado a su hijo, quien ahora estaría varado en la terminal, pero por otro, si nunca había hablado con Agustina no había forma de que supiera lo del desfile << *¿Por qué demonios es otra vez ocho de noviembre?* >> Su cerebro no sabe muy bien que pensar.

—Te noto algo raro Federico ¿Te sucede algo? — ahora el tono de Agustina es de preocupación y entre los interlocutores se produce un silencio — Federico ¿estás ahí?

Su cabeza da vueltas, al punto en que ni siquiera capta la preocupación de Agustina, quien se muestra mucho más condescendiente de lo habitual.

—No me hagas caso. No me siento muy bien… estoy algo mareado.

—¿Cómo quieres estar? Si lo único que haces es estar encerrado en tu madriguera, a oscuras, escribiendo.

—Lo sé. Por suerte ayer terminé el libro, debería poder distraerme un poco.

—Tienes que salir más— el tono de Agustina cobra animo — Ven al desfile. Es hoy a las ocho de la noche. Puedes aprovechar para estar con tu hijo.

Federico no puede creer lo que escucha, pero no duda ni un segundo.

—Creo que es una estupenda idea— Con una sonrisa forzada, a causa del dolor, acepta la invitación y concuerdan encontrarse allí.

—Luego te envío la dirección.

Todavía con su celular en mano, después de haber cortado la llamada, utiliza la cámara frontal para revisar su boca, tratando de identificar de donde proviene tan agudo dolor. En ese momento una nueva llamada ingresa a su dispositivo. La pantalla muestra el nombre de Carlos.

—¡Federico! ¿Cómo está mi escritor favorito?

—Bien, bien Carlos ¿Cuándo no vendo piensas lo mismo? — la respuesta de siempre.

—No digas eso, sabes que siempre confié en ti.

Una sensación de incomodidad recorre el cuerpo del escritor mientras escucha a su editor. Ese sexto sentido que uno tiene cuando sabe perfectamente, sin saber por qué, que algo no anda del todo bien.

—Dime que ya tienes el libro terminado— le dice suplicando.

—Claro que sí. Te lo envié ayer a última hora— casi como prediciendo lo que sucederá se dirige hacia su templo/escritorio.

—No estoy como para esas bromas Federico. No me llegó nada.

—Espérame un segundo— Levanta la pantalla de su portátil y presiona el botón de encendido —. Te juro que te lo envié. Hasta que no lo hice no me fui a dormir.

La espera de que la maquina inicie parece eterna, mientras el editor aguarda en silencio y caminando en círculos por su oficina.

—Tranquilo Federico, habrás pensado que sí, pero no— trata de calmar, cortando el silencio de su escritor favorito —. Viste como es uno cuando está cansado.

La computadora por fin enciende y sin perder tiempo abre su correo electrónico. Correos enviados. Efectivamente, la pantalla, no muestra el supuesto correo enviado durante la noche.

—Tenes razón Carlos. Últimamente no sé qué me pasa.

—El estrés amigo, el estrés… la ultima plaga que nos terminará exterminando.

—Ya te lo estoy enviando— le dice mientras adjunta el archivo y cliquea enviar.

—¡Ahí me llegó! Muero por leer ese final— trata de animarlo mostrando un gran entusiasmo.

—Léelo tranquilo… espero que esté a la altura.

—Mas que seguro que sí. Luego hablamos señor Frederich— se despide, con tono cordial, a forma de chiste y la comunicación se da por finalizada.

Ya mas relajado, Federico se dispone a tomar una ducha. No debe de buscar a su hijo y su editor ya tiene el material que tanto reclamó durante meses. Tiene toda la tarde libre hasta que tenga que dirigirse al salón de eventos, donde tendrá lugar el desfile de Agustina.

<< *No sé qué es mas increíble, si todo lo que está pasando o que Agustina me invite tan amablemente a uno de sus desfiles* >>

Los pensamientos lo recorren mientras se despoja de la ropa.

El haberse vestido sí que había sido realmente en vano.

La canilla del agua caliente gira y, al cabo de unos segundos, comienza a salir el agua a una temperatura bastante elevada. A el le encanta que así sea y el baño comienza a cubrirse por el espeso vapor.

Su cuerpo está totalmente acostumbrado a esa temperatura por lo que, sin dudar, se ubica debajo de la lluvia vaporosa. El agua comienza a recorrer su cuerpo entero.

Como preparándose para una cita adolescente decide higienizarse exhaustivamente, llegando a utilizar hasta un gel de ducha que ya juntaba polvo en el botiquín. Decide también que le vendría muy bien afeitarse.

<< ¿Quién será esa misteriosa dama de rojo? >>

De solo recordarla una sensación extraña lo invade. Un incomodo coctel de incertidumbre, intriga y temor. Un coctel que se lo está bebiendo entero, haciendo que su piel se erice por mas que esté debajo del agua caliente.

Al verse tratando de evadir sus pensamientos sonríe, cayendo en la cuenta de que es casi paradójico que, siendo un escritor de terror y habiendo pasado noches en cementerios, ahora sienta miedo en su propia casa. Sabiendo que es lo peor que le pueda suceder a alguien. Una cosa es tener miedo o una sensación extraña estando en un hotel donde hubo muertes o en una morgue, pero tener miedo en tu propia casa puede llegar a ser algo tortuoso. El hogar es el lugar en donde deberías sentirte totalmente a salvo. Si no te sientes así en la comodidad de tu *madriguera* ¿Dónde lo estarías? Además, en toda historia de terror, nunca falta la escena en el baño, pero esta no es una historia, es la realidad ¿o no? Prefiere alejar esos pensamientos por el momento y sin salir de la ducha se dispone a afeitar su rostro.

La pequeña puerta/espejo del botiquín es abierta y la direcciona para reflejarse en ella. Se hace con la afeitadora y la espuma. Con el agua caliente cayendo por su espalda se unta la cara en crema y comienza el trabajo ¿Cómodo? No lo sabe, pero son de esas costumbres que uno tiene y no sabe bien por qué.

La potencia de la ducha combinada con la temperatura del agua es suficiente para no querer salir, al menos por un buen rato.

Cada unas tres pasadas de la hoja de afeitar, utilizando su mano libre, desempaña el espejo que caprichosamente vuelve a empañarse una y otra vez. La afilada hoja deja un surco a su paso, pasando primero desde la patilla, bordeando su pómulo y bajando por la mejilla. A esta altura el espejo se empaña nuevamente. Una pasada en diagonal de su palma y continúa. Ahora se quita la zona del bigote y continua por su barbilla. La hoja baja hasta esos pelos que crecen desubicadamente en el cuello y se dispone a terminar ya sin verse reflejado. En ese preciso momento vuelve a él esa sensación que carcome a sus pensamientos. Otra vez la misma incomodidad de ser observado, pero esta vez, siente como si algo o alguien estuviera parado detrás de él. Tratando de no obsesionarse continúa con lo suyo mientras, pero de reojo, mira hacia ambos lados. Como queriendo ver y no ver a la vez.

<< Tranquilo, terminas con esto y sales >>

La sensación se acrecienta y el miedo aumenta cuando Frederich ve, por medio del espejo empañado, como una figura borrosa se asoma detrás de él. Su nariz se arruga al percibir un olor no habitual allí y ahora. Un inexplicable y repentino olor a cigarrillo. Su mano que sostiene a la afeitadora comienza a temblar. Antes de poder alejarla de él, siente una mano que lo sujeta del antebrazo y hunde la afilada hoja en su cuello. La misma lo obliga a realizarse un corte horizontal de lado a lado.

Desesperado, con su mano, cuello y pecho bañado en sangre, sale de la ducha. Un paso en falso lo lleva directamente hasta el suelo. Se da la vuelta sujetando la herida, con sus gritos de terror ahogados por la sangre que brota sin parar, para observar hacia donde continúa cayendo el agua, en busca de aquello que lo obligó a degollarse. Allí no hay más que una ducha y el agua vaporosa que cae de ella.

Su respiración se normaliza al observar sus manos, ya no hay sangre sobre ellas. No hay sangre por ningún lado y la herida en su cuello no existe.

Dolorido por la caída se levanta, ayudándose, agarrándose del fregadero. No lo duda ni un segundo. Rápidamente, mojado y sin toalla que lo rodee, sale del baño. Confundido y húmedo se sienta en su cama. Respirando profundo trata de calmarse. Lo logra, al menos un poco. El teléfono fijo suena.

—¿Y ahora quién?

Después de lo que acaba de *vivir* pocas son las ganas que tiene de atender. Menos aún sabiendo que el 99% de los llamados al fijo son para venderle algún producto o alguna inservible encuesta política. Todo aquel que quiere ubicarlo sabe que debe de llamarlo al celular.

Luego de varias veces sonando, se escucha el característico pitido de la contestadora.

—Hola Frederich, sé que estás ahí— es la voz de Carlos y se lo escucha realmente enfadado.

Extrañado, estira su mano hacia donde descansa su celular y pasando su pulgar desbloquea la pantalla. La misma muestra no una, sino siete llamadas perdidas de su editor.

—… no se cuantas veces te he llamado ya. Dime que esto solo se trata de una broma de mal gusto ¡Frederich atiende de una puta vez!

El escritor salta de la cama y corre hacia la sala para contestar.

—Aquí estoy Carlos ¿Qué sucede? — contesta apurado, intrigado y algo ofuscado también.

—Eso. Dime que es una broma tuya y me quedaré tranquilo.

—No se de qué me estás hablando.

—Que el libro que me enviaste no está terminado.

La atención de Frederich es nuevamente captada por el tablero Ouija. No puede evitarlo. Presiona el botón de alta voz en el teléfono y camina hacia aquel rincón.

—¿Cómo que no está terminado?

—Me pasé toda la mañana leyéndolo desde el principio, para llegar al final con el clímax esperado y el ultimo capitulo está inconcluso.

Frederich llega frente a la Ouija para comprobar que nuevamente, el puntero triangular, se encuentra sobre la palabra *"NO"*

—Federico… ¿estás ahí? — cuestiona Carlos en presencia del silencio de su interlocutor.

—Si, sí — responde volviendo en sí —… aguárdame un minuto que chequeo el archivo— ya se dirige a su templo. No sin antes devolver el puntero triangular a su centro —. Te juro que no se de lo que me hablas.

La computadora se enciende y, ni bien lo hace, abre el archivo en cuestión. El ratón recorre por las paginas hasta llegar a la última.

—Después… te… llamo — sus ojos están abiertos como si en la pantalla estuviera viendo un fantasma y su tono es de lo más dudoso.

—¡¿Cómo que después…?! — antes de que Carlos pueda reclamar la llamada es finalizada abruptamente. Frederich continua con la vista en la pantalla.

Lo que ve, distante está de ser el final de su libro, si no que, nuevamente se muestra escrito hasta donde estaba el día anterior. El margen inferior derecho indica la fecha. 08 de noviembre del 2014.

Su celular vuelve a sonar y ni bien responde se escucha a Carlos enfurecido.

—¡Mas te vale que hoy termines esa puta historia!

El abrumado escritor no alcanza a responder. Carlos es quien ahora finaliza la llamada colgando su teléfono, con tal fuerza, que el golpe hace que Frederich aparte el celular de su oreja.

Tomándose la mandíbula, debido al dolor que aún siente, se aproxima nuevamente a la Ouija. Pliega el tablero por el dobles central y junto con el puntero triangular lo introduce en su caja. La misma, la coloca bajo llave, dentro del antiguo cristalero que tiene a mano.

Con su mano derecha masajeando su rostro vuelve a su templo, que a esta altura parece mas maldito que sagrado, dispuesto a terminar por fin, de una condenada vez, ese libro.

Trata de concentrarse pese a lo disperso que se siente ¿Cómo no estarlo? Ya es la tercera vez que debe terminar un libro que ya terminó. Eso sin contar lo sueños y visiones extrañas que está teniendo, el molesto dolor en su boca y la fecha que, por mas que el sol se oculte y salga otra vez, parece no querer cambiar.

<< ¿Me estaré volviendo loco? >> se pregunta y, antes de comenzar a escribir, sirve medio vaso de whisky para luego beberlo por completo.

Dicen que el cuestionarse si uno está loco es un síntoma de cordura, ya que los locos ni siquiera saben que lo están. Además, no cree que el volverse loco se trate de un día para el otro ver a una misteriosa mujer, pero las alucinaciones vividas en su baño ya lo están haciendo dudar de su cordura.

Sus dedos comienzan su carrera frenética por las teclas, con la idea de terminarlo y enviárselo a Carlos antes de ir al desfile de Agustina. No sin antes cerciorarse de que su editor lo reciba completo esta vez.

Las horas pasan y las manecillas del reloj de péndulo corren sin parar. Frederich está como poseído escribiendo en la computadora que, debido a la fuerza con la que lo hace, suena mas parecido a una maquina de escribir.

Por más concentrado que esté, no puede evitar arrugar su cara del dolor, que siente a cada pitada que le da a su habano.

Durante el transcurso de la tarde no tuvo ninguna experiencia más por el estilo, de modo que, siendo las seis de la tarde y con el sol ya descendiendo en el horizonte, pone el punto final de su obra por tercera vez. Relaja sus manos, truena sus dedos y llama a su editor.

—Te voy a enviar ahora el libro y dime si llega completo. Tienen que ser 436 páginas.

El correo es enviado y Frederich aguarda la confirmación bebiendo un poco más.

—Ahí llegó— Carlos abre el archivo y va a la ultima pagina —Ahora si Federico. Llegó completo ¿Qué sucedió antes?

—Nada Carlos. Es que tengo un terrible desorden de archivos en la computadora. Debo de haber enviado un borrador— prefiere escusarse.

Vaya uno a saber cómo se tomaría Carlos de contarle lo que está viviendo. Prefiere masticarlo él solo hasta poder entender que es lo que realmente ocurre. Prefiere eso antes que cualquiera comience a juzgarlo y querer introducir medicamentos en su cuerpo.

De lo que debe encargarse ahora viene a su mente, al momento en que mira las agujas del sombrío reloj de péndulo. En su celular ya está la dirección que le envió Agustina. Tiene un evento al cual asistir. Solo le queda calzarse un atuendo adecuado para la situación y partir hacia allí.

Frederich cruza la puerta de su casa. Viste un impecable traje gris oscuro, camisa negra con botones blancos, un pañuelo que asoma del bolsillo del saco, haciendo juego con los botones de la camisa y zapatos tan relucientes que podría usarlos como espejo. Se sube en su Ford Focus azul, color elegido por Agustina, para hacer que sus ruedas giren sobre la calle Boulevard, que lo dejará sobre la autopista 18 de enero. Arteria principal de Stonelake. La misma que lo dejará directo en el salón principal del museo de Bellas Artes de la ciudad.

El salón está colmado de gente. Frederich ingresa y da sus primeros pasos por el lugar. Todo el mundo luce refinado y reluciente. Es el ambiente que siempre genera un gran desfile de una gran diseñadora de moda, como lo es Agustina Conte.

La mayoría ya se encuentra ubicándose en las tres filas de sillas que contornean a la larga pasarela de alfombra roja. El color que menos quiere ver Frederich se hace presente por todo el salón, desde el gigantesco telón que cubre a los modelos segundos antes de transitar la pasarela, pasando por las cortinas del lugar, hasta llegar a los centros de mesa en la parte donde los presentes se convertirán en comensales más tarde. La confusión, o tal vez la emoción por la invitación, no lo habían dejado pensar en encontrarse en esta situación. No puede dejar de prestar atención a cada una de las tantas mujeres que lucen vestido rojo esa noche, sin quererlo se encuentra en busca de la dama de rojo, *su* dama de rojo. Si hasta parece que se hayan puesto de acuerdo, al menos unas cincuenta de ellas… hasta es absurdo.

En el frenesí de sus pupilas, recorriendo a las rojas mujeres, logra divisar a Joaquín. Él se encuentra tranquilamente sentado en una de las sillas, en primera fila, frente al extremo delantero de la pasarela.

Camino hacia su hijo consigue cruzarse con una amable mesera, que extiende hacia él una bandeja con copas burbujeantes, de la cual toma dos y continua. Hasta llegar junto a su hijo se topa con, al menos, tres mujeres de rojo. Ninguna es *su* dama.

—¡Papá! — exclama el niño al verlo.

—¡Hey Monstruito!

El saludo se da con un fuerte abrazo y una revuelta de pelos para el Frederich menor. Luego, Frederich mayor toma asiento junto a el niño que luce tan elegante como su padre.

—¡Qué bueno que has venido pa!

—No me lo perdería por nada del mundo, hijo.

—Por fin te afeitaste— bromea el niño ya que contadas veces, en su corta vida, son las que pudo ver la barbilla de su padre sin pelos. Joaquín extiende su mano y, como cuando bromeaba hace un tiempo atrás, presiona con su dedo el hoyuelo en la barbilla de Federico.

Aquel simple contacto hace que su cara se arrugue por demás, en un claro gesto de dolor.

—¿Estás bien papi?

—Si, si, hijo. Es solo un dolor de muelas— hace un esfuerzo para dominar el dolor y lo logra.

A unos metros, sus ojos enfocan la figura de Agustina, quedando embobado con lo que ve. La figura de la diseñadora Conte es delimitada a la perfección por un delicado vestido azul, largo y elegante. Lleva en sus delicadas orejas unos aros dorados haciendo juego con su collar. Realmente destaca de entre el resto por su brillo propio —. Ahora vengo. Voy a saludar a tu madre.

Joaquín hace caso y se sienta derechito contra el respaldo de su silla. Frederich llega junto a su exmujer.

—Te vez hermosa— le susurra al oído, acercándose por detrás.

Agustina se da vuelta mientras sus mejillas van tomando color y sus ojos se topan con los de Federico, quien se pierde en el brillo que tienen. Ella avanza y lo estrecha en un abraso.

—Tu no estás nada mal— le dice y suelta una risa nerviosa. Antes de separarse deposita un delicado beso en la afeitada mejilla

¿Cómo un beso de esos labios podría causar dolor?

—¿Estás bien? — es clara la expresión de su rostro. Frederich nuevamente utiliza a la muela como excusa —Que bueno que pudiste venir igual.

—No me lo perdería después de tu invitación— responde con un cumplido mientras sus labios se esfuerzan por esbozar algo parecido a una sonrisa.

Ambos se quedan callados. Hace meses que no se ven y, cualquiera que los viera ahora, creería que se trata de un reciente noviazgo adolescente. Ambos esquivan sus miradas enmudecidos. Hasta que Agustina decide terminar la incómoda situación.

—¿Así que terminaste el libro? — pregunta tratando de conversar algo antes de partir para dar comienzo al evento.

—Emm… creo que si— responde dubitativo con sus manos en los bolsillos.

—¿Cómo que crees?

—No me hagas caso, es largo de explicar y no creo que tengas mucho tiempo ahora— esquiva mejor que pez al anzuelo. — ¿Tu como estás? ¿Preparada para el evento?

Claro que lo está. Agustina está como quien dice… en su salsa, haciendo lo que la apasiona, revindicando todo lo que tanto trabajo y esfuerzo lo costó conseguir. Por eso brilla mas que sus alhajas doradas.

La charla es amena. Frederich logra olvidarse un poco de su dolor bucal y Agustina se permite contar algunos chistes, habito que adquirió después de separada. En un momento las risas cesan justo cuando Agustina recuerda algo que últimamente le hace ruido. Toma de la mano a Federico y se acerca a su oído.

—Tal vez no sea el momento indicado, pero tampoco es que

estás muy presente— susurra en secreto —. Se que tiene solo diez años, pero hace días, cuando vuelvo a casa, siento olor a cigarrillo.

Por un momento el corazón de Frederich se había acelerado, debido al acercamiento de Agustina, creyendo que iba a pasar algo que al parecer no pasará. Es por eso que no hace mucho caso a lo que le dice y se lo toma, mas a la ligera, de lo que su exmujer hubiera preferido.

—¿Tu crees que Joaquín va a estar fumando? — interpela con cara de extrañado.

—Quiero creer que no, pero tiene a una chimenea por padre. Además, si no soy yo es él y sabes cuánto yo aborrezco el cigarrillo.

No es que Agustina en su adolescencia no haya fumado, pero desde que su padre murió por causa de un cáncer pulmonar, causado por al asesino nicotínico, se convirtió en lo que mas detesta en este mundo. No hubo forma de volver a poner una colilla en sus labios y siempre fue motivo de gran discusión en su pareja.

—No creo Agustina, pero voy a ver qué sucede.

Agustina se sobresalta cuando alguien la toma del antebrazo. Es su asistente. Quien después de decirle algo al oído, se despide de Federico y se marcha junto a la diseñadora.

Frederich vuelve junto a su hijo y las luces del lugar se apagan bruscamente. El salón queda en silencio y sus ojos no captan más que una oscuridad total. Los segundos pasan y ya está preguntándose si lo que sucede es real. No capta ningún sonido. Es como si su cerebro se hubiera apagado. Extiende su mano hacia su hijo aún sin ver y al hacer verdadero contacto con él, comienzan a oírse algunos murmullos, además de un que otro grito, arengando a que comience. El hecho de no saber cuando pasará algo es verdaderamente tortuoso. Al momento, su único salvavida es el saber que después despertará en su cama. ¿Hasta cuándo será así?

—Joaquín, vos sabes que fumar es malo ¿no? — aprovecha a preguntar con tono amistoso y en voz baja, tratando de generar cierta complicidad.

—Lo se papá, pero deberías decírselo a mamá— contesta hamacándose ansioso en su silla.

—¿Mamá fuma?

—No lo sé, no la vi, pero en casa hay olor a cigarrillo.

La música se hace presente y rompe el silencio a un volumen trepidante. Sumada a unos cuantos reflectores de colores que comienzan a recorrer el lugar. Dan por finalizada la charla y por comenzado el evento.

La música disminuye en intensidad.

—¡DAMAS Y CABALLEROS! — enuncia una voz potente por los altoparlantes —¡BIENVENIDOS AL DESFILE DE AGUSTINA CONTE!

El volumen de la música vuelve a elevarse, el gran telón rojo se abre y, de los costados de la pasarela, comienza a salir un humo espeso que desciende, cubriendo el piso del lugar.

Segundos mas tarde, con dos reflectores marcando el centro de la pasarela, se hace presente la modelo que inicia oficialmente el acto. Acompañada por los aplausos recorre la pasarela de punta a punta, así como también, las demás modelos que componen el staff de Agustina. Los vestidos, uno más hermoso y elegante que el otro, conservados todos dentro de una misma estética y finura característica de su creadora. El desfile es todo un éxito.

Frederich observa con recelo a Joaquín, quien lo está pasando genial. Al niño siempre le encantaron los desfiles de su madre, a los cuales asiste desde antes de dejar los pañales. Para él, es un evento de lo mas llamativo, con las luces, la música y el humo. Eventos muy diferentes a las aburridas presentaciones de los libros de su padre, al menos, es como recuerda que fueron las únicas tres a las que asistió. Respecto a Federico, poco le importa el desfile en sí, solo se dedica a disfrutar de la compañía de su hijo. Al fin y al cabo, fue por lo que aceptó la invitación, sin contar a sus ganas de ver a Agustina nuevamente.

La música disminuye nuevamente y la voz en off se hace escuchar —¡RECORDAMOS QUE ESTÁ TERMINANTEMENTE PROHIBIDO FUMAR EN EL SALÓN!

— La música vuelve y el desfile continúa.

Una a una las modelos cumplen con sus pasadas. Los minutos corren, al igual que el centenar de esveltas piernas que han pisado la pasarela esta noche. La hora y media que dura el evento transcurre sin ninguna anomalía.

La pasarela se encuentra despejada. Ahora la música baja hasta desaparecer entre los murmullos. Las luces se apagan por completo. Luego de unos instantes, un reflector se enciende apuntando el centro del telón, que ahora está cerrado. Todo anuncia que es el momento de la mega protagonista de la noche. El silencio envuelve completamente al lugar.

—¡DAMAS Y CABALLEROS… CON UN FUERTE APLAUSO RECIBIMOS A AGUSTINA CONTE! — El telón se abre y el publico estalla cuando el reflector alumbra a la mujer.

El dolor en la mandíbula de Frederich retorna con una fuerza insoportable, al punto que no alcanza a aplaudir antes de aferrarse a su cara con ambas manos. Siente los aplausos como martillos en sus dientes. Obligadamente se encoje en la silla, inclinando su cabeza hacia abajo, con el dolor obligándolo a cerrar los ojos.

El bullicio continúa y Frederich, es ahí cuando se percata de que su hijo le jala del saco de manera desesperada. Con gran esfuerzo eleva su cara para observar que, lo que dice su hijo, es inentendible por culpa de los aplausos y gritos. Acerca su rostro para intentar oírlo y logra escuchar la pregunta.

—¡¿Dónde está mami?!

Frederich gira su cabeza adolorida hacia la pasarela y su cara de dolor se transforma en pánico.

Quien la recorre, en lugar de Agustina, es la dama de rojo.

Camina por la pasarela hacia el extremo donde están sentados ellos, acompañada por una de sus modelos, mientras mantiene sus ojos clavados en el escritor.

El dolor carcome sus huesos, su cerebro. Siente como si un millar de agujas se estuvieran clavando en su cráneo. Joaquín es el único que se percata de que algo le sucede a su padre, que ahora grita de dolor.

Frederich alterna su mirada entre la mirada diabólica de la

dama, que se acerca cada vez más, y la expresión aterrada de su hijo. Con ayuda de sus manos cubre su boca, ahogando los alaridos que está dando.

Ahora no puede despegar los ojos de la dama de rojo que se hace de su cigarrera dorada, toma un cigarrillo y se lo coloca en sus carnosos labios. Mira a Frederich como si no existiera nadie más en el salón repleto de gente, que la aplaude, como si realmente se tratara de Agustina.

Enciende el cigarrillo y esboza media sonrisa, de esas que inquietan.

La dama de rojo eleva su cigarrera dorada a la altura de su rostro y la cierra. El *clic* funciona como una especie de detonador en la boca adolorida. Frederich siente como si sus dientes estallaran.

No pudiendo contener mas los gritos entra en pánico. Al retirar las manos de su boca y ver que, en sus palmas, descansan trozos de algunos de sus dientes. La misteriosa mujer continúa avanzando. Joaquín ya es un mar de lágrimas desesperadas.

—¡¿Papi que te sucede?! ¡¿Dónde está mamá?! — continúa preguntando mientras tironea de su padre.

El sonido de los aplausos ya le resulta ensordecedor y siente como retumban las palmas en su mandíbula, a su vez, sintiendo como se desprenden sus dientes. La dama de rojo ya está en el extremo de la pasarela, mirándolo, riendo a carcajadas mientras señala al agonizante espectador.

Frederich no soporta más. Se libera de su hijo y corre hacia donde un cartel indica los baños. A los tumbos y casi retorcido por el dolor cruza la correspondiente puerta.

Llega frente al espejo, donde esboza una adolorida y perturbadora sonrisa. Los dientes se escurren por sus labios ensalivados. No hay rastros de sangre. Al abrir un poco mas la boca puede ver cómo, los últimos rastros de dientes se deprenden de sus encías.

Luego de escupir, literalmente el último, en el fregadero, el dolor desaparece por completo.

Haciendo un esfuerzo mental trata de calmarse y controlar su respiración agitada. Sus pulmones se expanden y contraen con dificultad. Además de perturbado se siente exhausto. Reposa con sus manos en la cintura mientras observa los trozos desparramados, acumulados en la rejilla.

<< *Esto no puede estar sucediendo… esto no es real* >>

Su nariz percibe nuevamente olor a cigarrillo al momento en que, a su boca, vuelve a presentarse el gusto metálico. Su boca se humedece, pero tan solo un poco. La abre frente al espejo y, de sus encías, donde debería estar cada pieza faltante, comienzan a crecer velozmente unos cabellos negros.

Tratando de detenerlos vuelve a tapar su boca, pero como tentáculos que se escurren de entre sus dedos, los cabellos comienzan a envolver su cabeza por completo, dejándole también las manos aferradas a la cara.

Su cabeza ya es una madeja de pelos. Le resulta muy difícil respirar. Con fuerza, luego de forcejear durante varios segundos, logra liberar su mano derecha e intenta arrancar, en vano, aquello que encarcela a su rostro. Logra hacerse con unos cuantos, pero no paran de salir mas que los remplazan rápidamente.

En un intento desesperado por salvarse de morir ahogado, toma el encendedor que lleva en el bolsillo derecho del pantalón y de un chispazo enciende la madeja que lo envuelve. Como si se tratara del nailon de una peluca, su cabeza se enciende en un parpadeo como una antorcha.

Sin poder ver y con mucha intuición logra abrir la canilla e introduce su cabeza debajo del agua. Humeando logra liberarse. Ya no siente la presión de los cabellos y logra tomar aire con una gran bocanada.

Sus ojos se abren lentamente. La luz no es la misma, la percibe mucho mas tenue y natural. El techo no es el mismo << *¿El techo?* >> A diferencia de hace algunos escasos segundos, donde se encontraba parado, ahora está acostado. Lejos está de aquel baño en el salón, ya que acaba de abrir sus ojos, ni más ni menos que, en su habitación. Sobre su propia cama humedecida en exceso por la transpiración que lo recorre.

<< Si se trata de pesadillas ¿Por qué son tan reales? ¿Cuándo voy a despertar realmente? >>

Lo primero que hace, una vez que su cabeza deja de dar vueltas, es agarrar su celular y comprobar lo que temía. 08 de noviembre de 2014. Otra vez el mismo condenado día.

<< Esto me quiere decir algo. No puede ser real >>

Su agotado cerebro le está jugando una verdadera mala pasada. O eso es lo que decide pensar por el momento. Se dirige al baño y se dispone a tomar una ducha. No está afeitado como el día del evento, pero tampoco piensa pasar por esa situación. Es incapaz de mirarse al espejo, por lo que decide drásticamente tapar con una toalla. Tiene una extraña sensación de somnolencia, como si estuviera agotado por demás o viviendo dentro de un sueño del cual le es imposible despertar.

Parado bajo la ducha, con el agua caliente golpeándole la espalda, se relaja. Su cabeza está en un combate contra la lógica, tratando de desenmarañar si todo lo que está sucediendo tiene algún puto sentido.

Sus ojos cerrados, el calor, el ruido del agua, una mezcla que hace que pueda al menos relajar unos minutos, aunque no piensa pasar mucho tiempo en el baño. Es más, si no fuera porque realmente necesitaba esa ducha, ni si quiera hubiera entrado a ese pequeño cuarto. Igualmente, sabe que no podrá estar tranquilo por mucho tiempo.

El ruido del agua cayendo no es lo suficiente fuerte como para evitar que escuche como suena el celular en su cuarto. De ninguna manera piensa atender. Tarareando el clásico tema de "Cantando bajo la lluvia" trata de opacar el llamado.

<< Esa mujer de rojo. Está mas que claro que algo tiene que ver con todo esto >>

El teléfono ya no insiste y la relajación surtió efecto. Sus manos arrugadas por el agua reflejan que se quedó mas tiempo de lo que quería y decide salir.

Luego de secar su cuerpo y vestirse, con la misma ropa aburrida de siempre, comprueba que en su celular hay nuevamente siete llamadas perdidas de su editor. Al ir hacia la sala puede ver que la Ouija, lejos de estar guardada en el antiguo cristalero, se muestra nuevamente sobre la pequeña mesa del rincón, lista para usarse y con el puntero triangular marcando el "NO".

<< *Todo se repite* >> piensa mientras vuelve a colocar la Ouija en el cristalero.

El teléfono de línea muestra una luz roja parpadeante, indicando que alguien a dejado un mensaje en el contestador automático. La cara de Frederich lo dice todo. No fue capaz de mirarse las tremendas ojeras que cargan sus ojos. Realmente se ve como si todo esto lo fuera consumiendo poco a poco. Del cajón se hace de un nuevo habano, lo enciende y presiona el botón junto a la luz roja parpadeante en el teléfono.

—¡Se que estás ahí maldito hijo de perra! — se escucha maldecir a Carlos en el mensaje —Mas te vale que solo se trate de una broma. Llámame, porque te aseguro que se termina hoy mismo tu contrato— el enojado editor cuelga mal el teléfono, de modo que su voz continúa escuchándose a lo lejos —*Tremendo estúpido tiene que ser para hacer una cosa así.*

Antes de devolver el llamado, busca prevenirse de lo que imagina que sucede. Se ubica en su templo y lo primero que hace, una vez encendida la computadora, es chequear que el libro esté completo. Sí que lo está. Luego abre su casilla de correo y comprueba que también está enviado a la dirección de Carlos.

<< *¿Ahora que demonios quiere?* >> se pregunta luego de un suspiro.

Con su mano izquierda busca el numero de Carlos entre sus contactos, mientras que su mano derecha llena el vaso de whisky.

—Hola Carlos ¿Qué sucede? — pregunta ni bien responde.

—Por fin querido. Son las seis de la tarde. Estuviste todo el día desaparecido.

En ese momento cae en la cuenta de que, el sol que ingresa por las ventanas no es el del amanecer como el creía. El sol está en descenso, ya muy cerca del horizonte y mostrando su brillo anaranjado de atardecer.

—Dime que es una broma… que te equivocaste— insiste con lo dicho en el mensaje grabado.

—¿De que hablas Carlos? El libro está completo y te lo envié.

—Ya se que está completo, pero no sabia que ahora te dedicabas a escribir plagios.

Frederich suelta una carcajada al instante.

—¿Pero que estás diciendo? — cuestiona aun riendo.

—Eso. Que tu ultima obra es un perfecto, diría hasta exquisito, plagio de un libro del señor King, La dama de rojo— el tono de Carlos es de lo mas serio. Demasiado como para pensar que está bromeando.

—Vamos Carlos… parece que el que bromea eres tú— la risa del escritor se pierde en el vacío. El silencio de Carlos se prolonga por unos inquietantes segundos más.

—Federico, te juro por lo que mas quiera que te estoy hablando enserio— su voz es determinante.

—Me cuesta creerte. Partiendo de que King no tiene ningún libro llamado así. Es más, mi libro tampoco se llama así.

—Pues eso es lo que me enviaste. Hazme el favor y envíame el correcto. Basta de bromas señor Frederich— las palabras de Carlos cierran la conversación.

Sin moverse de su escritorio, vuelve a buscar el archivo de su ultimo libro. Al abrirlo, sus ojos confirman lo dicho por su editor. El titulo en la primera pagina es "La dama de Rojo" pero, firmada por Federico Frederich.

Su respiración comienza a agitarse. Su frente desprende las primeras gotas de sudor al ver que, aquellas palabras, no fueron redactadas por él.

Al margen de lo que ven sus ojos, sabe muy bien, como buen fanático de King, que no existe tal obra escrita por él. Igualmente decide abrir el buscador para comprobarlo. Una a una escribe las letras del título, seguido por el nombre del celebre escritor, acto seguido presiona la tecla *enter*.

Nada… la pantalla ni se inmuta. Presiona nuevamente y ahora la pantalla cambia, pero no para mostrar lo que el buscaba. Pequeñas letras sobre un fondo blanco muestran que no hay conexión a internet. Por encima de aquellas letras, el dibujo de un dinosaurio frente a unos cactus. Un aburrido juego inventado para estas ocasiones.

Frederich mira hacia donde tiene ubicado el modem, mas allá del sombrío reloj de péndulo, encima del antiguo cristalero. No tiene ni una de sus luces encendidas, está *muerto*, cero rastros de señal. Como es habitual, su mirada se dirige al rincón de la Ouija. Allí está otra vez, desplegada sobre la pequeña mesa y marcando la palabra "No". Pareciera negar cada vez que Frederich intenta de descifrar algo de lo que le está sucediendo.

Sin pensarlo dos veces, toma su saco y abandona la casa. Subido a su Ford se dirige rápidamente en dirección a su librería habitual, a unas quince cuadras de allí, en el centro de la zona alta.

Su apuro lo hace dejar el auto casi en diagonal, estacionado en la puerta de Liberty Books. Al ingresar, se dirige directamente a quien atiende. Un joven que hasta ahora nunca había visto trabajar allí.

—Buenos días, digo… buenas tardes ¿Dónde estaban los libros de King?

—Hola señor Frederich. Un honor tenerlo por aquí— el cordial saludo es habitual que se dé cuando alguien lo reconoce fuera de su madriguera.

—Muchas gracias ¿Libros de King? — insiste, tratando de perder el menor tiempo posible. Tiempo que al parecer se escurre como arena entre sus dedos.

—Sígame por favor— le pide el muchacho y juntos caminan hasta uno de los últimos pasillos de la librería —Aquí están. Tenemos todos sus títulos— agrega.

El joven se retira y Frederich queda de pie frente a una imponente estantería repleta de libros de *su* maestro, como le gusta llamarlo.

La cantidad de libros del autor es abrumante hasta para el

mismo Frederich que, uno a uno, recorre sus lomos con el dedo índice, caminando lentamente y leyendo los títulos para sí mismo.

<< *Cementerio de animales, El resplandor...* >> le es inevitable sonreír al recordar tan gratos momentos que pasó junto a esos títulos. Infinitos recuerdos vienen a su mente. Se los conoce prácticamente de memoria a todos ellos << *Carrie, It, La dama de Rojo* >>

—¿La dama de Rojo? — se escapa de entre sus labios

Toma el libro y contempla su portada. Un fondo negro deja ver poco a la figura de una mujer, tapada por la sombra que no permite distinguir su rostro, luciendo un ajustado vestido rojo y envuelta por un humo casi imperceptible.

Al abrirlo comprueba de que las primeras letras de dicho libro son las mismas que mostraba su computadora, su archivo, su libro.

—¿Le gusta King? — pregunta una voz femenina muy cerca de él.

Al girar comprueba tiene a la mismísima dama de rojo frente a él. Esto lo sobresalta.

Tanto el vestido como el aspecto de la dama de rojo es diferente en esta ocasión. Si bien el color que la cubre es el mismo, esta vez su ropa es más suelta, bamboleante por sus movimientos y de breteles muy finos, terminando de forma acampanada sobre sus rodillas. Su rostro, carente de maquillaje en su totalidad, deja ver su cutis suave y delicado. Su sonrisa lejos está de verse perversa y su mirada es profunda.

—Tranquilo — le dice la dama que, lejos de mostrar ese aspecto misterioso, se la ve relajada y con una sonrisa de lo mas cálida —. Parece que hubiera visto un fantasma.

—No, no— sus palabras son acompañadas por una risa nerviosa —. Es que me ha tomado por sorpresa— agrega tratando de solapar su nerviosismo.

La dama igualmente lo nota e insiste con la pregunta.

—¿Le gusta King?

—Claro que si— contesta aún perplejo por la situación y sin saber realmente como mostrarse frente a ella —Es quien me inspira a hacer lo que hago.

—¡Yo amo a King! — exclama con una gran y hermosa sonrisa, dejando visible sus perfectas perlas blancas, mientras aprisiona el libro que lleva contra su pecho. —¿Tu eres escritor?

—Así es… es más, ese libro que llevas ahí… es mío— Nervioso o no, permite que salga su faceta de egocéntrico.

La dama de rojo, incrédula, abre el libro y observa que, la solapa, lleva la foto de quien tiene enfrente.

—Increíble. Te juro que me llamó poderosamente la atención— algo ruborizada, la dama se presenta —. Mi nombre es Scarlet— extiende su mano.

—Un gusto. Mi nombre es Federico— pasando por alto la mano se acerca y la saluda con un cordial beso en la mejilla.

—Si, Federico… Frederich— agrega ella observando el nombre del autor que lleva la portada del libro que está dispuesta a comprar.

La conversación es amena y fluida. El interés en común por la literatura y la buena predisposición de la dama lo hace posible. Juntos caminan hacia la caja mientras continúan hablando sobre libros. Frederich aprovecha para contarle pequeños detalles del que va a comprar. Al llegar junto al mostrador, Federico toma el libro de Scarlet y se ofrece a pagarlo.

—Este va por cuenta mía. Tómalo como un pequeño obsequio por tan linda platica.

El rubor en Scarlet se acentúa. Frederich paga también por "La dama de Rojo". Ambos son colocados dentro de una misma bolsa y juntos dejan Liberty Books.

Fuera de la librería continúan la conversación, camino al Ford azul que lo aguarda diagonal junto a la acera.

—El que llevas tu es un excelente libro— comenta ella haciendo alusión a la compra del escritor.

—Aunque te parezca extraño, como a mi me lo parece, aún no lo he leído.

—¡Ey, Federico! — se escucha gritar a alguien a unos metros de ellos. Caminando por la misma cuadra de Liberty viene Javier. Su entrañable e inoportuno excompañero.

—Aguárdame un segundo— Frederich, bolsa en mano, se acerca hacia él. Mientras que Scarlet aguarda junto al Ford azul.

—Hola Javier ¿Cómo estás?

—Bien, que bueno que te encuentro— en su voz hay entusiasmo —¿Qué tienes que hacer hoy a la noche?

Frederich voltea su cabeza hacia Scarlet.

—No recuerdo si tengo un compromiso— le responde ya mirándolo nuevamente —. Déjame que llego a casa, me fijo y te llamo—

—Está bien ¿Cómo van las escrituras?

No puede creer que Javier insista en continuar la plática cuando, cree haber sido evidente que está ocupado al mirar a la hermosa mujer que aguarda junto a su auto.

—Disculpa Javier, pero estoy en medio de algo. Después hablamos más tranquilos.

—Ok, ok. Solo procura no perderte.

Javier continua su camino y Frederich vuelve sobre sus pasos mientras su cabeza no deja de darle vueltas a la situación. A esta altura no sabe bien que creer. Scarlet. Ya sabe su nombre. En ese momento deja de ser para él la dama de rojo. Quien ahora se muestra muy diferente a lo perturbadora que podía ser, pero está clarísimo que es ella. A su mente llega la idea de que es una buena oportunidad para indagar y averiguar que es lo que sucede realmente.

—Tal vez le suene un tanto atrevido, pero ¿Qué tienes que hacer mas tarde? — Podría perfectamente invitarle ahora un café, por ejemplo, pero su intención es pensar bien la jugada… además de revisar el supuesto libro de King que hasta hoy desconocía por completo.

Los segundos que se toma Scarlet para responder son los que lo llevan a pensar, aún más, de que ella está muy lejos de ser quien viene apareciéndose en sus repetidos días. Ella se muestra mas real que su Ford mal estacionado << *Una fanática de King* >> piensa mientras, ansioso, aguarda la respuesta.

—Hoy tengo una tarde de lo mas ocupada— pronuncian sus bellos labios.

Frederich ya se está arrepintiendo de tan solo haberlo propuesto, pero no todo está dicho —Podría después de las diez de la noche— termina diciendo ella luego de una corta pausa.

—Por mi está perfecto— de nuevo se muestra animado y esos segundos le dieron la oportunidad de pensar donde sería el encuentro. De su bolcillo saca una tarjeta suya y anota la dirección de su casa y la extiende hacia ella —. Cocinaré algo delicioso.

Las mejillas de Scarlet estallan en rojo, casi camuflándose con su vestido al recibir la invitación, pero no se opone en absoluto. Guarda la tarjeta en un pequeño bolso que hasta ahora había pasado desapercibido.

—¿Tienes fuego? — pregunta mientras continúa hurgando en donde guardó la tarjeta.

—Claro que si— de su bolsillo derecho saca el encendedor, mientras su mano comienza a temblar un poco << *La cigarrera dorada* >> piensa mientras lo extiende hacia ella.

Scarlet, luego de buscar un poco más, saca un cigarrillo directamente de su bolso. Aparentemente no hay cigarrera alguna y Frederich se siente aliviado. Cada vez está mas seguro de que esa mujer no es la misma.

—¿Puedo llevarte a algún lado? — se ofrece caballerosamente.

La dama se niega, acusando que tiene que ir a un lugar cerca de donde están ahora. Igualmente le agradece la atención.

—No agradezcas. No muchas veces uno se cruza con una fanática del rey y además comprando un libro mío— abre la bolsa de Liberty y extiende el dicho libro a su dueña. Quien se niega a recibirlo.

—Tenlo tú y me lo das hoy, cuando vaya a tu casa. Tómalo como una especie de garantía de presencia— Le guiña un ojo.

Con un cordial, pero ya mas amistoso, beso en la mejilla se despiden y cada uno continua con su camino.

El Ford azul rueda suavemente junto al cordón, frente a la

puerta de Frederich. Hogar de quien se mantuvo serio durante la vuelta entera, alternando la vista entre el pavimento y los libros que viajaron de acompañante, pensando cómo actuar "conscientemente" en la noche de hoy. La noche del 08 de noviembre.

Ya en la *tranquilidad* y *seguridad* de su casa, sus pensamientos fluctúan entre, el *plan* para la cena e, inevitablemente, la cita con tan hermosa mujer que se hace llamar Scarlet. Le parece un punto a favor que, el encuentro con la *supuesta* dama de rojo sea en donde él juegue de local.

Las ganas de la noche que lo espera con una cena romántica lo apartan de la presencia del libro de King que acaba de comprar. Pero no tanto como para pasarlo por alto.

Ya más calmado, *hormonalmente,* decide hacerse del libro en cuestión y se ubica en uno de los sillones individuales que hay en la sala.

El horizonte ya sobrepasó al sol y las estrellas brillan incandescentes en un despejado y oscuro cielo. La luna oficia esta vez como reflector sobre cada casa de Stonelake, donde miles de personas ya se encuentran comenzando la preparación de la cena. Él, decide desasnarse de aquel libro que hasta ahora era inexistente. De eso está seguro.

Un amante del genero y adorador de King, con un libro en sus manos y viviendo lo que parece ser una verdadera historia de terror.

Se detiene nuevamente en su portada. Los pensamientos en su cabeza corren maratónicamente. Hasta que el angustioso silencio es roto por sus palabras.

—Si esto fuera una historia de terror— repiquetea con sus dedos sobre la portada —¿Qué pasaría? — ahora golpea con su dedo índice, como si fuera una especie de varita mágica, indicándole que es lo que tiene que contar esa historia.

Su mente piensa rápido. Es como si tuviera que escribir sobre su propia historia. Comienza a desmembrarla, enumerando los hechos troncales de la narrativa. Y decide hacerlo desde el primer hecho trascendental antes de que todo esto comience a suceder.

—Terminé mi libro. El día se repite. No puedo terminar mi libro. Me cruzo con una misteriosa mujer, que casualmente viste siempre de rojo. Tengo horribles pesadillas— Se detiene por al menos un minuto, mientras se rasca pensante la barbilla —. Nada de esto tiene sentido. Es una locura— vaya conclusión.

—Entonces, lo que debería suceder— vuelve a picar con su índice —, es que el libro va a contarme justamente mi historia. Por eso se llama la dama de rojo ¿no? — una sonrisa se dibuja en su cara, como si realmente estuviera teniendo una revelación. Una idea que claramente ya había sido usada un centenar de veces —. Así podré saber cómo actuar—

Ya decidido con su idea, decide por fin abrirlo.

Lo primero que llama su atención y con razón, es la solapa. Allí donde un libro lleva la foto del autor. Tranquilamente podría ser King, o él, o cualquier otra persona que ni conozca. La cara de quien está en la foto se encuentra borroneada, irreconocible. Debajo, en lugar de palabras hablando sobre la persona, hay puntos. Una cadena infinita de puntos suspensivos que abarca hasta caerse de la solapa.

Un escalofrió recorre su espalda. Su idea tan optimista va perdiendo fuerza, pero de igualmente decide continuar.

Comienza a pasar, una a una, aquellas páginas que habitualmente se encuentran vacías. Una, dos, tres, cuatro… continua en busca del titulo del libro. Cinco, seis, siete… no hay rastro alguno de tinta impresa. Ocho, nueve, diez… está totalmente seguro de que no era así en Liberty Books. Once, doce, trece… a esta altura ya carece de coherencia alguna.

Ya de una manera no muy tranquila, con su dedo pulgar, recorre la totalidad de las páginas de atrás hacia adelante. Todas vacías. Un libro blanco, entero, sin una palabra.

Cierra el libro y lo deja descansando sobre su pierna. Su mirada se desvía hacia el *maldito* tablero que nuevamente dice "NO".

Su celular suena sobre su escritorio, retumbando en el silencio. Frederich sobresaltado se pone de pie y el libro cae al suelo. Corre hacia su templo y responde sin mirar quien llama.

—¡¿Tu eres estúpido o solo estás practicando?! — exclama Agustina al otro lado del teléfono.

—¿Agustina? ¿Qué sucede?

—¡Te dije que tenias que buscar a tu hijo por la estación! ¡Mira la hora que es! —

Frederich mira el reloj de péndulo casi por inercia, que marca las doce del mediodía. Cuando habló con su editor y salió en busca del libro a Liberty eran las seis de la tarde. El tiempo juega con él. Su expresión deja en claro que no entiende nada nuevamente. Esa conversación fue hace dos días, aunque hoy sea nuevamente 08 de noviembre. Su confusión es total, pero con esfuerzo, logra continuar la conversación. Conversasion que recuerda haber tenido.

—Dijiste que me ibas a mandar un mensaje. Mensaje que nunca recibí— intenta justificarse de algún modo.

—¿Estás seguro? ¿Por qué no te fijas? —

Frederich aparta el celular de su oreja para observar la pantalla. En la parte superior hay un símbolo indicando que tiene un mensaje. Con su pulgar desliza hacia abajo y comprueba que Agustina tiene razón.

—Disculpa Agustina— se retracta mientras toma las llaves de su Ford.

—*No te hagas problema*— Agustina suelta su ironía —. Solo llamé para ver si llegó.

En ese momento suenan tres timbres cortos. Federico se dirige a la puerta para abrirla aun con el celular en su oreja.

Joaquín ya se encuentra cruzando el parque por el camino de piedras, con una pequeña mochila sobre su espalda. El auto que lo dejó arranca al ver al padre.

—Acaba de llegar. Después hablamos.

—Bueno, me quedo tranquila. A ver si te esfuerzas un poco más por ser padre— reprocha su exmujer antes de cortar. Federico sigue perplejo.

—¡Papi! — exclama el pequeño que ya comienza a corretear —¿No estás contento de verme?

—Claro que si monstruito.

Justo en la puerta se estrechan en un efusivo abrazo.

Ambos ingresan a la casa, dispuestos a disfrutar de un día juntos. Un día totalmente fuera de lo planeado, ya que la idea de Frederich es esperar la visita de Scarlet.

No parece una buena idea que ella venga estando el pequeño en casa, pero envuelto en su nerviosismo, olvidó totalmente pedirle un contacto. Tontamente lo que hizo fue solo darle su dirección.

Joaquín se encuentra ya recorriendo la sala y Frederich, luego de cerrar la puerta, sigue sus pasos. Su hijo se detiene en el centro de la habitación y él hace lo mismo justo detrás. Aguarda unos instantes viendo como su hijo se encuentra estático, paralizado, aun con el movimiento de deshacerse de la mochila.

—¿Todo en orden hijo?

—¿Todavía tienes eso papi? — cuestiona el niño señalando a donde se encuentra la Ouija.

Su padre, rápidamente y sin decir una palabra, se pone en movimiento.

—No te preocupes hijo. Ya me encargo de que desaparezca— Toma el tablero para guardarlo una vez mas en su caja, junto con el puntero triangular y se dirige hacia la pared que tiene a su derecha, aquella que se encuentra a espaldas de su escritorio, la misma que está decorada con una replica de "La persistencia de la memoria" de Salvador Dalí, aquel cuadro de los relojes derretidos.

Coloca la caja sobre su templo, descuelga el cuadro que, con sumo cuidado, hace que repose sobre el suelo. La obra escondía detrás una su caja fuerte. Un lugar obvio a estas alturas, pero es el lugar que ya tenia la antigua casa. Después de una combinación de seis dígitos la ancha puerta metálica se abre y allí guarda el *condenado* juego.

—Ya está. Problema resuelto— anuncia mientras devuelve el cuadro a su posición.

—No quiero jugar nunca mas a eso papi— comenta el niño casi sollozando.

—Tranquilo hijo— se agacha frente a él y posa sus manos en

los diminutos hombros —. Nunca más— asegura mirándolo a los ojos —. A ver qué traes aquí—

Tratando de disuadir el malestar de Joaquín, toma su mochila y la abre. Además de sus juguetes favoritos también lleva consigo los cuadernos del colegio. Aquello trajo a su mente el reproche de Agustina. Por lo que no solo se dedicaron a jugar esa tarde y, cumpliendo con su rol de padre, lo ayudó con las tareas que le habían mandado.

Las horas corren. El sol ya está cayendo. El cielo va oscureciéndose poco a poco. Comienzan a verse las brillantes estrellas que, una a una, va apareciendo luego del lucero. Un verdadero espectáculo natural encapotando a Stonelake.

Padre e hijo disfrutan gratamente la compañía, tanto uno como el otro. A tal punto que en la cabeza de Frederich ya casi no hay rastros de la dama de rojo, ni de esas locuras de sus días repetidos.

Ahora se encuentran ambos en la amplia cocina de la casa, sentados junto a una mesa cubierta con un blanco y antiguo mantel. Juegan con los muñecos preferidos que Frederich menor llevó. Es ahí, cuando Frederich mayor, aprovecha el tiempo de óseo para indagar un poco. Cosas de padres separados.

—¿Cómo está tu madre? — le pregunta mientras acomoda en fila los muñecos que su hijo eligió para él.

—*Creo* que bien— responde despreocupado mientras encaja una mini ametralladora en la mano de su soldado.

—¿Y por qué *crees* que bien? —

—No lo sé… últimamente está algo nerviosa. Debe ser por el desfile— uno a uno pone de pie a sus juguetes —. Creo que está fumando— agrega.

—No creo Joa. Tu madre siempre odió el cigarrillo.

Frederich recuerda cuanto le gustaba jugar con sus muñecos de niño, de modo que ambos están compenetrados a un nivel en donde pareciera que, los que están teniendo la plática, son los mismos inanimados de plástico.

—Si tanto lo odia, no se porque hay olor a cigarrillo en casa— el niño sabe muy bien como es ese *condenado* olor y lo sabe gracias a su padre.

Como rebobinando con su cerebro, Frederich vuelve a la noche del desfile, donde cae en la cuenta de que ese mismo comentario es el que le hizo su hijo entre la muchedumbre. Desfile que supuestamente es hoy, pero que él ya lo había vivido. Esa noche donde unos tentáculos capilares casi lo asfixian.

Su celular suena otra vez sobre el escritorio, allí donde suele dejarlo. Nunca en la vida había sonado tanto ese aparato como en estos últimos ochos de noviembre. Se dirige a atender mientras su hijo queda jugando solo en la cocina.

—¡Hey Federico! Que bueno que atendiste— el entusiasmo de Javier sobrepasa el auricular —. Decime que vas a venir hoy a la noche—

El "después te llamo" de Frederich, había sido totalmente opacado por la llegada improvista de Joaquín.

—Uy Javi. Se me pasó el llamado.

—Si, me di cuenta— reprocha su amigo, pero con tono amistoso.

—Es que vino Joaquín a pasar el día conmigo— se justifica con la verdad.

—Pero no hay problema Fede. Ven con él. La ultima vez que lo vi tenía… ¿cinco años? Debe de estar enorme.

—Es que eso no es lo único— Frederich inclina su cuerpo para chequear que Joaquín no esté pendiente de su conversación. — Puede que venga alguien más.

—¡Muy bien! — exclama Javier, que enseguida captó el mensaje entre líneas —¿Una cita? ¿La conozco? Espera… ¿Una cita con tu hijo en casa?

—Es toda una eventualidad larga de explicar— así y todo, en su rostro se dibuja una sonrisa.

—Pero cuéntame ¿la conozco? — insiste su amigo de lo más intrigado.

—No, bueno, si ¿Viste cuando nos encontramos en la puerta de Liberty Books?

—Si.

—Que estaba en la puerta.

—Si.

—Junto a mi coche.

—*Ajam*.

—Bueno ¿Viste la mujer que estaba atrás mío?

—No.

—¿Cómo qué no?

—No.

—La que estaba detrás mío— repite —. Con un vestido rojo.

—Federico, cuando te encontré estabas solo— responde serio.

—Dale ¿eres ciego? Vestido rojo, blanca blanca, pelo bien lacio negro azabache, hermosa.

—Seguro que, de haber una mujer con esas características en un radio de diez metros, la hubiera visto. Pero te reitero, estabas solo— vuelve a afirmar Javier —Igual eso no es lo que importa— prosigue mientras Federico queda mudo, pensando en lo que acaba de escuchar —. Está muy bien, tienes que socializar y mas con una mujer— ríe burlándose —Lo único que te digo es que, *NO* te olvides de tus amigos.

Al finalizar la conversación, Frederich cae en la cuenta de que la promesa fue cocinar algo delicioso. Sin perder mas tiempo, con el reloj marcando las ocho y media de la noche, se pone manos a la obra.

—Joa— atrae su atención amistosamente. El jovencito, aún en la mesa de la cocina, aparta la vista de sus muñecos —. Tal vez venga alguien a cenar con nosotros— le comenta mientras se coloca el delantal de cocina y hace un nudo tras su espalda.

El, *tal vez*, es porque no tiene la seguridad de que Scarlet se haga presente y el ponerlo al tanto, es prácticamente inevitable, para prepararlo frente a la incómoda situación.

—Está bien pa— el jovencito acepta la propuesta sin problemas —¿Quién viene? — cuestiona con la curiosidad típica de su edad, junto a una sonrisa pícara, que claramente demuestra saber de que se trata.

—Tan solo una amiga— responde mirándolo a los ojos, tratando de decidir, según su expresión, como continuar con el tema. Su hijo lo mira sin dispersar la pícara sonrisa.

—¿Una *amiga*?

<< *Los niños vienen cada vez mas despiertos* >> piensa al ver la expresión con que su hijo formula la pregunta.

—Si hijo. Una *amiga*— riendo le revuelve el cabello.

El niño no volvió a preguntar sobre el tema y Frederich tampoco dio oportunidad a que lo haga. La cena está casi lista y el mantel puesto sobre la amplia mesa del comedor. Aquella que está decorada con dos finos candelabros de tres velas.

Federico le alcanza uno a uno los vasos a su hijo para que los vaya colocando sobre la mesa. Dándole así, lugar a que él escoja las ubicaciones. Observa su reloj de pulsera que marca las diez de la noche. Joaquín vuelve y el procedimiento anterior es repetido con los platos y cubiertos. Diez y dos minutos. Frederich comienza a sospechar que Scarlet, o la dama de rojo, no se hará presente.

El timbre se escucha. La frase de Scarlet de poder ir, después de las diez, ahora suena más a una promesa. Son las diez y cuatro minutos.

Mientras acomoda su camisa, arrugada por el delantal, y peinándose un poco, se aproxima a la puerta y observa por la mirilla. Ve como Scarlet cruza la pequeña puerta campestre y comienza a transitar el camino que la lleva a la entrada.

Aunque sepa que debe abrir la puerta aprovecha el momento, ya que puede hacerlo, para observarla sin discreción mirilla de por medio. Lo que ve, como cada vez, lo deja impactado, con la misma magnitud que atemorizado.

A diferencia de la apariencia que lucía en Liberty Books, esta vez, el vestido rojo es estrictamente entallado a sus curvas y de un rojo que aparenta ser furioso por demás. Un vestido tan pegado al cuerpo que pareciera tratarse de una segunda piel. Un escote de lo mas provocativo, que llega hasta casi el centro de su estómago, deja muy poco a la imaginación. Sus labios y cartera haciendo juego con su vestido, al igual que los taco aguja. Rojo es el único color que se ve sobre ella, salvo su pelo azabache con ese característico mechón blanco. Del cual no se percató en la librería. No recuerda bien, si llevaba esos cabellos nevados.

Cuando Scarlet pisa el escalón que precede a la entrada Frederich abre la puerta. La dama de rojo, con tan solo dos zancadas de sus largas piernas, llega al escritor. Para, sin previo aviso, unir sus labios con los suyos en un efusivo beso.

La primera reacción, del sorprendido Frederich, es disfrutar del contacto, no solo de sus labios, sino también de el cuerpo que se aferra a él. Disfrutar de esa atracción que siente por ella desde la primera vez que la vio.

Luego de unos segundos se despega de la mujer, de una manera un tanto brusca, separándola con sus manos en la cintura de la dama y quedando ella en desconcierto.

—Disculpa— pronuncian sus labios al momento en que, apenada, eleva su mano para taparse la boca. El escritor está inmóvil —. Es que creí que la invitación… perdóname, creo que me confundí— rápidamente, avergonzada y con sus mejillas camufladas en su segunda piel, se da la vuelta, con ánimos de retirarse.

—No, no— la toma del brazo y ella no opone resistencia —. No es eso.

Scarlet, ya mirando hacia él, observa una pequeña figura que llama su atención, ubicada más allá de Frederich. Es Joaquín, que se encuentra en presencia de la situación y la boca de su padre untada en rímel. El pequeño los mira con naturalidad, pero una pisca de picardía en su mirada.

Al comprender la situación, Scarlet intenta parecer lo mas relajada posible. Aún con sus mejillas ruborizadas.

—No te preocupes— Frederich aliviana la preocupación de Scarlet al avanzar y, posando su mano en la suave espalda, la invita a ingresar.

Scarlet avanza, se acerca al jovencito, aun con ese tono rosado en su rostro.

—¿Y este niño tan apuesto? — se inclina con el torso hacia él y revuelve sus cabellos.

Joaquín eleva su brazo, hasta la altura de Scarlet y le devuelve la revuelta.

—¿Y esta niña tan apuesta?

—¡Joaquín! — le llama la atención su padre, al captar perfectamente la burla.

—No hay problema— se entromete la dama, quien continua, con una sonrisa, sobre el muchacho —Gracias por lo de niña— agrega con un guiño.

Recién se conocen, pero claramente ya comenzaron cierto juego de complicidad.

—Ese jovencito tan apuesto es Joaquín, mi hijo— se suma Frederich al juego, mientras libera a la mujer de su cartera y la coloca en el perchero junto a la entrada.

—Que guapo es.

—Salí a mi madre— contesta rápido.

—Joaquín... basta— sentencia con un gesto bajo con sus manos, al sorprenderse por la contestación picara del joven. Contestación que hizo reír a Scarlet —. Ve a terminar de poner la mesa— Le pide. Ni bien Joaquín hace caso, la toma de la cintura, dispuesto a hacerle una mini visita guiada por la sala.

—Si que tienes de todo aquí— Scarlet se muestra sorprendida mientras sus ojos recorren el lugar, pasando por el reloj de péndulo y llegando a cada rincón de la amplia habitación. Sencillamente parece una niña suelta en una juguetería.

—Digamos que son recuerdos de mis libros— responde orgulloso de sus adquisiciones.

—¿Y este? — pregunta mientras continúa caminando y desliza la yema de su dedo sobre el escritorio — ¿Es tu templo?

Puede verse a Joaquín yendo de aquí para allá. Ubicando sobre la mesa uno a uno los utensilios necesarios para la pronta cena.

—Aunque te parezca mentira, así es como lo llamo— Frederich la sigue por detrás, hipnotizado, sin poder despegar la vista de sus curvas —. Te puedo tutear ¿no?

Scarlet se da vuelta para mirarlo a los ojos.

—¿Después de mi fabulosa entrada de recién? Es lo menos que puedes hacer.

La dama continua su recorrido por la sala, fascinada por lo que inundan sus ojos. Ahora se encuentra frente al antiguo cristalero, observando un hermoso y frágil juego de copas de cristal, guardado allí con recelo.

—¿Y esto? ¿Es solo de adorno o también lo usas? — pregunta sin moverse del lugar.

—No. El cristalero y lo que se guarda allí es solo recuerdo de familia— responde, habiéndose quedad juntoo a su templo.

—No. Eso no— dice ella —. Hablo de esto.

Su mano señala al rincón junto a ella, donde nuevamente se encuentra el tablero, desplegado sobre la pequeña mesa, pero esta vez sin puntero sobre él.

—¿Es solo decoración o lo utilizas? — insiste al no recibir respuesta alguna por parte de Frederich. Él la observa boquiabierto mientras la dama recorre el tablero con la palma de su mano.

El escritor sigue mudo, lo que hace que Scarlet se de vuelta y camine hacia él. Al hacerlo Frederich da un paso atrás.

—¿Estas bien?

Federico reacciona.

—Sí… sí… Es solo decoración— responde dubitativo mientras se acerca a ella rápidamente y, repitiendo el mismo procedimiento anterior, la Ouija vuelve al cristalero.

—¿Estas bien Federico? — insiste al notar lo nervioso que se puso y lo brusco de sus movimientos.

—Si, todo bien. Es que a mi hijo no le gusta mucho estas cosas— le cuenta haciéndose el despreocupado, mientras, termina de colocar las demás cosas sobre la Ouija para luego cerrar con llave. Otra vez.

—Bueno, pero tu hijo ahora no está mirando— Le susurra por detrás, con Frederich aun mirando hacia el antiguo cristalero, observando el reflejo de ambos en el cristal que lleva una de sus puertas. Lo rodea con sus manos y aprovecha para acariciar sus pectorales —¿Vas a decirme que no te gusta jugar? — le dice al oído.

En ese momento la imagen reflejada se distorsiona, mostrando a la cara de Scarlet un aspecto decrepito. Frederich se aterra y con un giro violento logra apartarla un poco. Ahora la ve como antes, normal, nada de que asustarse. Solo por la expresión de sorpresa en su rostro. Suelta un suspiro de alivio.

—Sinceramente me encantas Scarlet— confiesa mientras la toma amablemente de las manos —. Pero en esta ocasión está mi hijo. Perdón.

—No hay problema— responde sin salir del asombro —. Te noto muy nervioso ¿Lo dejamos para otro día?

—No. de ninguna manera— no piensa perderse la oportunidad de conocer a esa misteriosa mujer. Situación de la cual tiene que sacar algún provecho. Desmembrar todo lo que está pasando << *Mi mente debe de estar calmada* >>

—También me gustas— comenta ella mientras ya se dirigen a donde se servirá la cena.

Allí los aguarda Joaquín, ya sentado en el lugar que eligió para él.

—Con respecto a la Ouija— le dice él en secreto —. Solo jugué una vez.

Ahora es Scarlet quien se aproxima para contestar.

—Lo sé.

—Secretos en reunión es de mala educación— el pequeño interrumpe los susurros y ambos comienzan a reír.

—Pónganse cómodos que enseguida traigo el banquete— enuncia Frederich con vos potente, como si se tratara de un anuncio en el medioevo.

Muy caballerosamente corre hacia atrás la silla ubicada en la cabecera y lleva su mirada a Scarlet, invitándola a ocupar el lugar. Quedando Joaquín a su derecha, sentado de espaldas al acceso a la cocina. Donde luego Frederich se pierde y cierra la puerta, con el fin de generar sorpresa en los comensales al momento en que traiga los platos.

Sentados y aguardando junto a la mesa, quedan Scarlet y el pequeño Joaquín, callados, solo con el ruido que provocan los platos y cubiertos que provienen de la cocina. El incomodo momento es decorado por un mantel de color bordó con un fino bordado en sus extremos con un delicado hilo dorado. Copa de agua y vino para los adultos y un vaso para el joven. Los candelabros continúan en la mesa con sus tres velas apagadas, impolutas.

Scarlet, haciéndose la distraída, tratando de pasar el incomodo momento, mira hacia su alrededor. Cuando sus ojos hacen contacto con Joaquín, observa como el niño la mira fijamente, como escaneándola con sus ojos. Ella desvía la vista hacia uno de los cuadros que decora la habitación, "Las señoritas de Avignon" de Picasso. No logra mantenerse así por mucho ya que siente a esos pequeños ojos redondos clavados como un punzón en la frente. Gira hacia él nuevamente y lo observa como balancea sus pies sosteniendo la mirada fija.

El silencio se rompe con la juvenil vos del niño.

—¿Tu eres amiga de mamá? — pregunta con la voz mas inocente que pueda hacer.

—No— responde ella mientras tamborea la mesa con sus uñas, en un claro gesto de nerviosismo.

Joaquín frunce el ceño e inclina levemente la cabeza hacia un costado, aun con sus ojos puestos en la dama. Scarlet continua con el tamboreo.

—¿Por qué estabas en el desfile?

En ese momento la dama deja quieta la mano y sin mover su rostro revolea sus ojos hacia arriba. Si Joaquín supiera algo sobre lenguaje gestual, sabría perfectamente que la dama está, o recordando o inventando la respuesta.

—Que trabaje con ella no significa que sea su amiga— responde luego de unos segundos.

El niño inclina su cabeza hacia el otro costado mientras continúa meciendo sus piernas.

—¿Por qué te reías de papá? — cuestiona con el mismo tono.

—¿Siempre eres tan curioso? — reprocha ella ya con un tono más serio.

—Eso dicen— el niño encoje sus hombros.

La voz de Scarlet, junto con su expresión, se torna severa por demás.

—No deberías haberme visto. Aún no es tu hora, niño.

—¡Joaquín! — exclama Frederich desde la cocina — ¡Las velas!

La dama de rojo eleva su dedo índice y lo posa sobre sus labios, en gesto de silencio. Joaquín, algo confundido, se arrodilla en la silla y, con la ayuda de una caja de fósforos que descansa junto al candelabro derecho, enciende una a una las mechas.

Después de un minuto eterno se presenta Frederich llevando una gran fuente metálica en sus manos.

—Tenias que apagar la luz también, monstruito— con su codo, haciendo equilibrio para no tirar nada de la fuente, presiona el interruptor que se encuentra junto al marco de la puerta que acaba de cruzar. El gran comedor queda iluminado tenuemente por la cálida luz de las pequeñas llamas.

Las miradas entre Scarlet y el niño se entrecruzan mientras Frederich coloca la fuente en el centro de la mesa, entre los candelabros. Iluminado por una luz naranja, parece brillar aún más el abundante trozo de asado, acompañado con papas y cebollas al horno, que oficia ahora como un exquisito centro de mesa.

—¿Todo en orden? — pregunta Frederich al notar algo de tensión en el ambiente.

Que sí, es la respuesta de ambos casi al unísono, como si se hubieran puesto de acuerdo.

Ya con los cubiertos en la mano, el escritor se dispone a servir una generosa porción para luego, llenar las copas con sus respectivos líquidos a beber. Jugo de naranja para el niño, casi recién exprimido y un exquisito y caro Malbec, que tenia reservado para una ocasión especial, para ellos.

La cena transcurre normalmente, mientras que los nervios en Joaquín disminuyen a cada bocado. Hacía ya ocho meses que no veía a su padre, justamente desde su ultimo cumpleaños, el numero diez. Está muy contento. No solo pasó una esplendida tarde junto a él, sino que también, preparó su comida favorita.

El niño se dedica tan solo a comer y escuchar mientras los

adultos conversan. Frederich trata de no hacer ninguna pregunta que evidencie que recién se conocen, pero el niño no es tonto y capta perfectamente la situación. Aunque elige pasarlo por alto. Los niños de esta época, ya a esta corta edad, comienzan a mostrar interés en como cotejar a una niña; y trata de observar como se desenvuelve su padre, incluso hasta copiando alguno de sus movimientos.

Por parte de Scarlet, a diferencia de como se mostró a solas con el niño, se deja ver de lo mas amigable y jocosa. Cada vez mas jocosa a cada trago de Malbec.

Frederich realmente disfruta el momento. Hace años que no tiene una velada tan gratificante. Él suele cenar solamente en compañía de su computadora, viendo alguna película o serie.

—La verdad… muy sabroso— sentencia Scarlet luego de limpiar las comisuras de su boca delicadamente con una servilleta.

Frederich agradece el cumplido tan solo simulando una reverencia.

—¿A ti te gustó, hijo?

—¿No lo parece? — pronuncia el jovencito aún masticando el ultimo bocado. Frente a él, un plato que pareciera que no hace falta lavar por como lo dejó. Luego de tragar se deja caer sobre el respaldo con una exhalación de satisfacción. Lo que provoca unas risas.

—¿Postre? — pregunta el anfitrión.

—¿Encima hay postre? — Scarlet se muestra entusiasmada con la idea —. Eso deberías avisarlo antes de servir ¿o quieres que pierda la figura?

Frederich no puede detener a sus ojos que recorren lo que la mesa deja ver.

—Si es por eso tranquila, aún tienes bastante margen.

—Yo no quiero postre pa, no puedo más— Joaquín tiene sus manos sobre la abultada panza llena —. Prefiero acostarme y mirar un poco la televisión.

—Esta bien hijo, hoy tuvimos un gran día— le comenta a Scarlet con una sonrisa, para lego volver con el pequeño —. Sube a tu habitación que ya voy a darte las buenas noches— sus palabras llegan a enternecer a la dama, aunque a su hijo le resulta algo embarazoso.

Joaquín se levanta de su silla y, luego de despedirse, se dirige a la escalera que lo lleva a la primera planta, donde está su cuarto.

Ni bien su hijo abandona la sala comienza a apilar la vajilla recién utilizada. Momento de ordenar un poco, no solo el lugar, sino también su cabeza.

—Tu no te preocupes, eres la invitada— le dice a Scarlet al momento en que atina a ayudarlo. A lo que la dama accede, vuelve a sentarse, reposa su espalda y cruza delicada y sensualmente sus piernas. Sus ojos no se despegan ni un segundo del escritor desde que Joaquín los dejó a solas.

Ya con la mesa despejada, salvo por los candelabros, dos copas y una botella de vino casi vacía, Frederich va a despedir el día de Joaquín.

—En un minuto bajo— pronuncia casi saliendo de la sala —¡Para cuando lo haga quiero esa botella vacía! — agrega antes de poner un pie en el primer escalón. Se detiene para oír si hay respuesta.

—¡Parece que quieres emborracharme!

—¡Puede que sí! — de dos en dos sube los escalones, con paso apurado y una sonrisa en su rostro.

Scarlet, seria y con la mirada perdida en la nada, toma la botella de Malbec y vierte en su copa lo poco que queda. De un sorbo la copa queda de la misma manera que la botella, solo aire en su interior. No es que haya un sido un sorbo corto, al contrario, se la ve sedienta. Una gota borravina se filtra por la comisura de su boca mientras su mirada continúa perdida. Las ventanas están cerradas, pero las llamas de las velas danzan, con una brisa que hasta ahora no existía. Ayudándose con la servilleta, vuelve a limpiarse delicadamente el surco oscuro, que ya casi se desprende del mentón.

El pequeño Joaquín ya está metido en su cama para cuando su padre abre la puerta.

—¿Qué te pareció la comida? — dejando la puerta entornada y

con la misma sonrisa con la que subió camina hacia su hijo.

—Te pasaste, pa— ambas sonrisas son casi idénticas, nadie podría discutir su paternidad viéndolos juntos. Pero la mas pequeña se convierte en una expresión seria cuando su padre se sienta junto a él —. Lo que no me gusta es esa mujer.

Las palabras de su hijo parecen no disuadir a la sonrisa de Frederich.

—¿Celoso de papá o celoso por mamá?

—No es eso pa— responde mientras lleva el borde de la sabana hasta su cuello —. Me da miedo.

—Tranquilo hijo, ahora estás con tu padre que te cuida— intenta calmarlo.

—Si… como la ultima vez ¿no? — reprocha con los labios y el ceño fruncido.

—Ya hablamos de eso Joaquín— sin dudas eso si borró su sonrisa —. No va a suceder nada más así— dándole un beso en la frente y, con una expresión incomparable con la que ingresó al cuarto, se retira, ahora sí, cerrando la puerta —No te duermas tarde— fueron sus últimas palabras.

Al descender e ingresar al comedor puede ver como Scarlet se encuentra relajada en su silla, recorriendo con su dedo índice el contorno de la copa vacía y sus piernas aun cruzadas. Sus ojos entrecerrados siguen a Frederich como cámaras de vigilancia que, al verla, camina directo a la cocina. En tan solo dos segundos vuelve con una nueva y llena botella de Malbec.

—Que nunca falte el vino— Con una sonrisa busca el sacacorchos que quedó sobre la mesa al destapar el primer cadáver. Su mano derecha lo gira mientras va perforando, poco a poco, lo que los priva del líquido borravino. Sin quitar su mirada entrecruzada con la de la dama, como en una metáfora predictora de lo que ambos saben que va a ocurrir, después del segundo cadáver, o antes.

Un tirón y se escucha el característico *plop* al descorchar. Se aproxima a ella y llena su copa. Hace lo mismo con la suya y se ubica en la silla que antes ocupaba su hijo. No solo porque es la que tiene a mano, sino que también, es la que está más próxima a

Scarlet.

Ambas copas chocan en un brindis pactado solo por las miradas y sin sacarse los ojos de encima beben un pequeño sorbo. Con las sillas en diagonal se encuentran sentados frente a frente, quedando ya la mesa a un lado. Ambos beben sin decir una palabra, como si sus ojos hablaran por ellos. Solo hasta que Frederich rompe el silencio.

—Me sucede algo muy extraño contigo— confiesa mientras revuelve el vino meneando la copa en círculos.

—¿Y que es lo que te sucede? — su tono es de curiosidad, pero su mirada es de lo mas intimidante, como si estuviera comiéndolo con su mente.

—Tal vez te suene a una locura, pero vengo viéndote por todos lados.

A Scarlet se le escabulle la primera risa que evidencia el efecto del Malbec.

—¿Cómo que por todos lados? Nos cruzamos hoy en la librería.

—¿No recuerdas cuando me viste en el café? Donde me pediste fuego.

—Creo que a alguien le está afectando el alcohol— se burla con una amplia sonrisa mientras ya va acabando con su copa.

—No, no es eso— sabe muy bien que el vino ya lo tiene mareado, pero también sabe de lo que habla —. Es extraño. Si hasta recuerdo perfectamente tu cigarrera dorada— la copa de la dama vuelve a llenarse y el pulso del escritor deja en evidencia su nerviosismo.

Scarlet entrecierra los ojos y en su rostro se esboza una mueca, como si estuviera haciendo memoria.

—¡Ah!... si… recuerdo que estabas leyendo el diario con toda tu cara de malhumorado— continúa con la burla. Frederich ahora acompaña sus risas.

El que lo recuerde demuestra de que efectivamente es la misma mujer y eso lo calma. Pero aquello no explica el porque de verla en esas pesadillas.

—Bueno, desde ese día te he visto por todos lados— asegura

volviendo a su seriedad.

—Sinceramente, salvo por ese cruce fugaz en Liberty, no recuerdo haberte visto hasta hoy— ahora es ella quien vierte liquido en la copa de él —. Habrás quedado obsesionado después de verme. A muchos le pasa eso— le dice mientras recorre parte de su cuerpo con la mano y con la mirada mas sensual que puede hacer después de casi el segundo cadáver.

A esta altura, mas aún con el alcohol, Frederich está autoconvenciéndose sobre lo que sucede << *¿y si es verdad que quedé obsesionado? ¿si debido al cansancio y el estrés estaba teniendo esas pesadillas?* >> Sus pensamientos lo dejan en silencio por unos instantes.

—Que desastre— dice una vez que vuelve en si —. Me olvidé del postre.

Antes de que logre levantarse, su movimiento es interrumpido por unos chistidos de la dama, sumado a un gesto de *alto*. Deja su copa manchada con labial sobre la mesa.

—¿No quieres postre? — pregunta extrañado, sabiendo el manjar que espera en la nevera.

Scarlet, sin responder, descruza sus piernas lentamente y las deja abiertas, permitiendo que quede espacio vacío delante de ella. Se inclina hacia él. Sujeta la silla, del ahora casi petrificado escritor, y con fuerza lo arrastra hacia ella. Eleva sus piernas y las hace descansar, abiertas, sobre las de Frederich. Allí es hacia donde descienden los ojos del escritor, pero la luz de las llamas no alcanza a iluminar lo que él quiere ver. El rostro de Scarlet se acerca, queda a tan solo unos centímetros del hombre.

—Sabes muy bien que postre quiero yo— le dice casi suplicándolo.

Sin decir más, la dama le arrebata la copa y la coloca junto a la de ella. Sus bocas se juntan en un efusivo y ferviente beso. Él, tomándola de la cintura y con ayuda de sus piernas, hace que se siente encima suyo.

El vestido ajustado no permite una buena apertura de sus piernas, por lo que, mientras él acaricia su espalda y sus bocas no se despegan, con sutileza levanta la parte baja de su segunda piel, permitiéndole abrir aun mas sus piernas y quedando sus pechos pegados. Ahora sí, ella puede sentir la excitación que lleva Frederich entre sus piernas. Mientras, la boca del escritor va bajando por el suave cuello de la dama. Su piel se le eriza y comienza a moverse lentamente, frotándose sobre *su* escritor.

Scarlet inclina su cabeza hacia atrás, invitándolo a que su boca se deslice en una suave carrera hasta su escote, mientras con sus manos, se aferra a la nuca de él.

Aferrándose a sus pelos lo separa, buscando poder ver como se refleja en su rostro aquella excitación que lleva en los pantalones. Ahora es ella quien, cual vampiresa, se abalanza sobre el cuello. Lo recorre con la lengua mientras va dejando un húmedo surco a su paso. Él la rodea con sus brazos, depositando las palmas en sus duras nalgas, apretándolas y ejerciendo presión contra su cuerpo.

La fricción entre los cuerpos continúa y a ella comienzan a escapársele suaves gemidos de placer. La boca de Scarlet sube hasta la oreja del escritor.

—Llévame a tu habitación— le pide luego de darle un suave mordisco en el lóbulo.

Sin dudar ni un instante Frederich se pone de pie con la dama aun aferrada como un koala al tronco del eucalipto. Sin perder el contacto entre sus labios y lenguas, camina hacia su cuarto.

Al llegar a los pies de la amplia cama la deja caer, quedando ella tendida sobre la sabana hasta sus muslos. La flexión de sus rodillas permite que sus pies hagan contacto con el suelo.

Como un felino que asecha a su presa, Frederich avanza por sobre ella a cuatro patas. Scarlet arquea su espalda, buscando el contacto de sus pechos contra él.

Los dientes del escritor se clavan en el labio inferior de la dama mientras, con sus manos, poco a poco, va levantando el vestido rojo hasta quitárselo por completo. La segunda piel de Scarlet vuela por los aires y aterriza sobre un modular que hay a uno de los lados. El exquisito cuerpo de la mujer queda al descubierto salvo por su ropa interior de encaje negro. Su suave y blanca piel es iluminada por la luz de la luna que ingresa por la única ventana del lugar, volviéndola aun mas blanquecina. La belleza y sensualidad de la dama es descomunal y Frederich solo piensa en una cosa.

Dejando de lado todas las extrañezas de los últimos días decide continuar. Cuando la de abajo se expresa, la de arriba queda totalmente anulada.

Uno a uno, las rojas uñas de Scarlet, van desprendiendo los botones de la camisa. Una vez liberado, sus manos descienden por su torso, pasando por los abdominales y llegando hasta la hebilla del cinturón. Lo desprende hábilmente con tan solo un movimiento. Sus dedos deslizan la cremallera e introduce una mano en busca de lo que tanto anhela.

Frederich, algo torpe en sus movimientos, se deshace del pantalón y Scarlet lo despoja de su bóxer.

—Te quiero dentro mío— gime rebosante de placer.

Aún con su ropa interior puesta, la cual es apartada hacia un costado, su pedido es concedido.

Ambos cuerpos se mueven al unisonó en una danza de gozo. La luna sobre ellos oficiando de reflector, deja en evidencias las gotas sudorosas que recorren la espalda de Frederich. Espalda que está siendo marcada a cada paso de las manos de Scarlet.

Todo un espectáculo para las sabanas que, por momentos, cubre sus cuerpos. Cada centímetro de la amplia cama es recorrido, sin despegarse un segundo. Frederich intenta saciar todas esas ganas que fue acumulando en las veces que la vio y ella le permite manejarse a su antojo.

Como guiándola en un baile, el cual ella interpreta a la perfección, es él quien ahora queda debajo, con su espalda pegada al colchón. Ella se sienta sobre él y con su espalda recta comienza a cabalgarlo salvajemente. Toma las manos de él y las deposita sobre sus pechos. Frederich realmente se encuentra fuera de sí. Sintiendo el golpeteo sobre él, presionando rudamente los delicados pechos de la dama y con sus ojos cerrados que por momentos logra abrir aunque sea un poco.

En una de esas fugaces aperturas de sus parpados, ya con sus manos en la fina cintura de ella, puede observar como rebotan esos senos, llevándolo casi a terminar con el acto. Pero lo que ve lo saca de sus casillas. La cabeza de la dama se sacude epilépticamente, su cara se ve borrosa, desfigurada. Frederich suelta un grito y detiene sus movimientos. Sus ojos se abren por completo y la cabalgata de Scarlet se detienen. Su cara ahora se ve tan bella como antes.

—¿Estás bien? — le pregunta sin salir de encima y con los pelos alborotados por el acto. Él la mira sin decir una palabra y con sus ojos abiertos como platos —¿Te sucede algo? — insiste mientras pasa su palma por el pecho sudado del escritor, como creyendo que está a punto de sufrir un infarto.

—Si, sí. Todo bien. Sigamos.

Lentamente vuelven a lo suyo, hasta volver a conseguir tanto el ritmo, como la excitación que llevaban. Al cabo de unos minutos ambos estallan de placer en un largo y profundo gemido. Han llegado al final juntos, como pocas veces.

—Eso si que fue intenso— expresa Frederich jadeando, luego de que Scarlet salga de encima y se recueste a su izquierda.

—¿Intenso? fue increíble— agrega ella con una plena sonrisa en su rostro. Luego acomoda un poco sus pelos y gira hacia él para reposar sobre su pecho —. Que ganas de fumar un cigarrillo.

Desde su encuentro de esta noche, ninguno a probado el humo como habitualmente lo hacen.

—Se bueno y tráeme los cigarrillos de mi cartera— le pide tiernamente mientras desliza su índice por el pecho, aun húmedo de él.

No hay objeción alguna, al fin y al cabo, a él también se le apetece uno de sus habanos. Sale de la cama y desnudo como vino al mundo se dirige hacia la puerta de la habitación.

—Podrías traer también lo que queda de vino— sugiere la dama antes de que se retire.

Con paso apurado, no vaya a ser cosa que aparezca de improvisto el pequeño Joaquín, recorre el largo de la sala y se dirige hacia el perchero de donde pende la cartera de Scarlet. La abre y toma de su interior la cigarrera dorada. En ese momento vuelven a él los perturbadores recuerdos, como en una especie de correr cinematográfico. Frena su paso, respira profundo con sus ojos cerrados y logra calmarse nuevamente. A como viene sucediendo la noche ya está casi convencido de que es su cabeza la que está jugándole una mala pasada, o al menos eso decide creer.

A la carrera, del cajón de su templo toma un habano y camino al cuarto, al pasar junto a la mesa del comedor, se hace con la botella de Malbec y las copas.

Cigarrera y vino en su mano izquierda, copas en la derecha y habano en la boca ingresa al cuarto. Camino a la cama puede admirar la sugerente figura de Scarlet, que lo aguarda, tapada solo hasta la cintura y con la misma expresión de placer con que la dejó segundos atrás. Descansa sobre su costado, mirando hacia el lugar a ocupar por Frederich y reposando la cabeza sobre su antebrazo. Al ingresar su compañero a la cama, se incorpora y ambos se recuestan contra el respaldo de madera de la cama.

Como en un movimiento automático Frederich desbloquea su celular que se encuentra junto a una antigua lampara, sobre la pequeña mesa de luz de su lado y observa la hora, mirando inevitablemente también la fecha. Dos de la mañana del 08 de noviembre del 2014.

Juntos disfrutan de sus vicios mientras conversan y la botella de vino se convierte en un nuevo cadáver en el piso, del lado del escritor, junto a las copas.

Sin mas que beber, por lo menos en la habitación, con sus tabacos consumidos y luego de varios bostezos contagiados el uno al otro, ambos se encuentran en los brazos de Morfeo.

En medio de la noche, el sueño de Frederich es interrumpido. Aún algo mareado por el vino abre sus ojos lentamente. Se encuentra en posición fetal y dándole la espalda a Scarlet. Lo primero que intercepta a su visión es la mesa de luz. Todavía siente el agotamiento por la magnitud del acto que tuvo como escenario su cama. En la habitación aún hay rastros de olor a sexo.

Así como está, recostado sobre su brazo derecho, extiende el que tiene liberado y lo lleva hacia atrás, pero sin voltear su cuerpo, como buscando contacto con su compañera de copas. No encuentra lo que busca, por lo que se estira un tanto más. Su mano recorre la sabana como si fuera una araña. Aun no hay contacto, así que decide por fin voltearse mientras esboza una expresión de resaca.

Junto a él está la cama medio vacía. El lugar donde debería estar Scarlet lo ocupa tan solo la sabana revuelta. No hay rastros de la dama, salvo por la copa manchada con labial rojo, y su vestido del mismo color tirado sobre el modular.

Exhausto como se encuentra frota su rostro tratando de despabilarse y entender bien que acontece. Ya sentado, nuevamente con su espalda contra la cabecera de madera, mira hacia todos lados en la oscura habitación. Sus ojos recorren el modular, donde descansa la segunda piel de Scarlet. Luego hacia la pared opuesta, donde hay un gran armario, tan antiguo como el modular. Pero su mirada se detiene sobre la puerta entornada del baño en suite.

En ese preciso momento la perilla de la puerta comienza a girar. Un chirrido se escucha. El sonido es acompañado por la puerta, que retrocede, comenzando a abrirse a una velocidad que pareciera en cámara lenta. Frederich sigue con sus ojos clavados observando como el halo oscuro, que provoca la carencia de luz en el baño, se acrecienta a medida que la hoja se aleja lentamente del marco.

Centímetro a centímetro repercute en su cuerpo, provocándole un escalofrió, que baja por su espalda gradualmente con el avance de la puerta y que aumenta de manera brusca sus latidos.

La hoja continua su tortuoso retroceso y Frederich comienza a dejar caer su cuerpo. Su espalda resbala por la madera y, como tratándose de un niño asustado, va metiéndose bajo la sabana, casi escondiéndose.

Cuando la abertura es lo suficientemente grande, un pie asoma desde la oscuridad. Federico, en un movimiento arrebatado, extiende rápidamente su brazo derecho y enciende la lampara antigua.

Tras el pie, quien sale del baño es Scarlet por completo.

—¿Te desperté? — le pregunta ni bien lo ve con la sabana ya tapando su nariz. A lo que el asustado responde solo negando con la cabeza.

Scarlet avanza hacia la cama y la recorre a gatas hasta ocupar su lugar. Él continúa mirándola con la misma cara de terror.

—¿Qué te sucede lindo? ¿Te asusté? — se acerca y lo besa, pero la boca de Frederich tampoco responde a ese acto —. Solo fui al baño. No te iba a abandonar— bromea mientras ríe y se recuesta.

<< Bueno, por fin algo lógico. Solo fue al baño después de despertarme >> ese pensamiento lo tranquiliza, al menos un poco. Su expresión vuelve casi a la normalidad.

—¿Por qué estabas con la luz apagada? — cuestiona todavía algo incrédulo.

—No me hace falta luz para sentarme en un inodoro— su sonrisa demuestra que continua de broma —Además… yo no tengo que embocar estando parada— irónicamente vuelve a reír.

La ocurrencia de Scarlet, sumada al sonido de su adorable risa, termina de tranquilizarlo y ahora ríen juntos.

—Perdóname, no quería despertarte, dormilón— termina de justificar el porque de la luz apagada. Acomoda la sabana de manera de que su cuerpo quede ahora escondido por completo a los ojos del escritor.

—Tranquila. No es nada.

Ella se termina de acomodar dándole la espalda y, tomándolo del brazo, lo invita a que la abrase por detrás. Quedando así pegados nuevamente. Tan solo tres exhalaciones profundas alcanzan para que vuelvan a conciliar el sueño.

Frederich despierta con la sensación de haber dormido tan solo unos minutos. Afuera todavía es de noche y la luna parece no haberse movido. Nuevamente se encuentra en posición fetal y mirando hacia la mesa de luz.

<< Un buen indicio >> piensa al ver que todo sigue en su

lugar, tanto la botella vacía de Malbec junto a las copas sobre el suelo, como también su celular descansando junto a la delicada lampara.

Su cabeza continúa dando vueltas y sin darse cuenta realiza los mismos movimientos en busca de Scarlet. Tan solo para comprobar que nuevamente no está junto a él. Se sienta contra la cabecera y chequea su celular. Las dos de la mañana del 08 de noviembre del 2014. La misma hora que cuando se prepararon para dormir por primera vez.

Creyendo que se trata de la misma situación, se encuentra con su espalda contra el respaldo y su vista sobre la puerta ligeramente entornada del baño en suite. Los rasgos de miedo ya se hacen presentes en él. Tan solo el hecho de despertar ya le está generando incomodidad. Una gran incertidumbre de que es lo que pasará al abrir sus ojos. La distorsión es abrumadora. La pregunta de que es real y que no, ronda por su cabeza constantemente.

Inmóvil, envuelto en un silencio tan abrumador como para permitirle oír los latidos de su propio corazón, aguarda el chirrido que provocará la puerta. Puede sentir su respiración, como entra y sale el aire inflando sus pulmones. La perilla no presenta actividad y la puerta no parece querer abrirse después de ya algunos minutos de espera.

Lejos de ser el chirrido, lo que se escucha parece provenir del piso de arriba, uno, dos, tres fuertes golpes llegan a sus oídos.

Algo asustado y sin entender lo más mínimo, Frederich se levanta de su cama y, luego de esquivar las copas en el suelo, se dirige al baño. En su camino puede ver el vestido rojo sobre el modular.

—¿Scarlet? — pregunta tímidamente mientras da unos pequeños golpes en la puerta —¿Scarlet— insiste al no obtener respuesta. Abre la puerta y comprueba que dentro del baño no hay nadie.

En ese momento un nuevo golpe se escucha por encima de su cabeza, pero está vez, se oye con mas intensidad. Luego, el ruido como el de una cama arrastrarse.

—¡Joaquín! — exclama y sale corriendo.

Los golpes continúan mientras cruza la sala. Al subir la escalera los percibe aun con mas intensidad, claramente vienen de esa planta. Recorriendo el pasillo puede ver que la puerta del cuarto está abierta, y distingue claramente la sombra de un cuerpo que se proyecta sobre el suelo. Al acercarse la puerta se cierra bruscamente.

Casi a los tropezones llega frente a la puerta del cuarto de su hijo. Intenta abrirla, mientras continúan los golpes que provienen de allí, pero está con llave.

—¡Joaquín! ¡Hijo! — repite sin parar mientras golpea fuerte con el canto de su mano.

La puerta no cede.

Frederich camina tres pasos hacia atrás buscando impulso y con una patada, logra saltar en pedazos la madera a la altura de la cerradura.

Lo que ven sus ojos lo deja atónito. Tendido sobre la cama está el pequeño cuerpo de su hijo. De rodillas sobre él, una figura. A su alrededor, sangre por todos lados. La silueta sobre su hijo se vuelve visible una vez que fija sus ojos en ella. Agazapada sobre el muchacho está la dama de rojo. Haciendo caso omiso de Frederich, que inmóvil observa tan macabra escena. La dama continúa hurgando con sus manos y boca en el pecho de Joaquín.

—¡No! — exclama saliendo de su parálisis y se adentra a la habitación.

Su grito llama la atención de la dama de rojo, quien gira completamente su cuello para verlo. El contacto visual vuelve a dejar inmóvil al escritor.

El vestido es el mismo que anteriormente reposaba sobre el modular, en su cuarto, aunque ahora presenta rasgaduras y manchones de un rojo más oscuro, provocados por la fuente de sangre en la que ha convertido al niño. Su rostro luce de un aspecto tan terrorífico como fantasmal. Su piel, lejos de verse suave y bella como antes, luce arrugada por demás y presenta un color putrefacto. Un rostro que parece derretirse como vela, carente de ojos, mostrando en su lugar tan solo dos huecos, oscuros y profundos como un abismo. En su boca, unos filosos dientes como piraña muerden pedazos del corazón de Joaquín.

En una fracción de segundo la dama de rojo, con un grito espeluznante, se lanza hacia Frederich, quien aterrado cierra los ojos y se cubre el rostro con sus antebrazos. Así, temblando y aterrado, se queda como congelado. Nada golpea contra él, sus oídos ya no captan el grito de tan horrible ser. Los segundos pasan y se niega a dejar su postura acobardada.

La única percepción que tiene sobre su cuerpo es un sudor frio y los temblores que aun no cesan. Tan solo unos segundos mas y lo que percibe lo confunde. Siente como su costado derecho reposa contra algo. En ese momento se anima a despegar sus parpados.

Nuevamente está en su cama, en posición fetal y mirando hacia la lampara que reposa sobre la mesa de luz.

<< ¿Qué es todo esto? >>

Su cuerpo ya es prácticamente agua. La cama está empapada de sudor y aún continúa temblando. No puede dejar de sentir terror luego de tan perturbadora escena, donde pudo ver con sus propios ojos como su hijo era destripado literalmente.

La botella continua en el mismo lugar, junto a las copas, sobre el suelo. Su celular junto a la lampara sobre la mesa de luz. Todo está como cada vez que despertó esta noche.

Lentamente y aún mareado por el alcohol gira su cuerpo hacia el costado de Scarlet. Un grito de miedo escapa de su boca al ver que, a escasos centimetros y mirándolo con sus cuencas de abismo, está la misma cara terrorífica del ser que devoraba al pequeño. Obligado por el terror cierra sus ojos nuevamente.

<< Esto no puede estar pasando. Quiero despertar ya, por favor >> trata de convencerse a sí mismo. El miedo lo ha paralizado a tal punto que ni siquiera atinó a salir de la cama.

Le es imposible calcular cuanto tiempo se mantuvo así, inmóvil, con sus ojos cerrados. Hasta que por fin extiende su brazo tembloroso hacia adelante, en busca de la dama, pero la mano no encuentra su objetivo.

Con sus ojos aun cerrados su mano repta nuevamente por las sabanas revueltas y húmedas, pero a escasos centimetros, el colchón termina. Su mano palpa el aire.

El miedo que siente, al saber que tiene que abrir sus ojos en algún momento, le hace recordar sus propias palabras hacia su hijo << *El terror te permite sentir una tremenda dosis de adrenalina, pero sabiendo que estás a salvo al abrir los ojos* >> Es el típico caso de *"haz lo que yo digo y no lo que yo hago"* y solo vuelve en si al verse en tal postura.

Los pensamientos en su mente se arremolinan y le hacen perder la noción de cuanto tiempo lleva en esa postura. Sabe perfectamente que debe abrir sus ojos. Lo que no sabe es que sucederá al hacerlo ¿Un día nuevo? ¿Otra vez la cara de ese horrible ser frente a él? ¿Su hijo colgado en medio de la sala? Quién sabe.

No tiene intención de quedarse así eternamente, aunque fantasea con la idea de poder hacerlo. Toma coraje y extiende su mano para encender la lampara. Una vez prendida, lentamente, sus ojos se abren. Nada mas que su propia habitación está frente suyo.

Se incorpora y reposa su espalda en la cálida madera de la cabecera de la cama. No hay rastro alguno de la dama de rojo. Sobre el modular no se encuentra aquel vestido e inspeccionando mejor puede ver que, aunque haya dos copas en el suelo, ninguna tiene labial en sus bordes.

Consternado frota su rostro tratando de despabilarse. Siente que todavía el alcohol recorre sus venas y aún no hay rastros del sol en la única ventana del cuarto. Toma su celular y comprueba que, nuevamente, son las dos de la madrugada del 08 de noviembre.

En ese momento un fuerte golpe proviene del piso de arriba, sobresaltándolo por demás. Un segundo golpe se escucha. Con la velocidad un rayo, un escalofrío recorre por completo su columna. Al estremecimiento lo acompaña el sonido de una cama arrastrarse.

—¡Joaquín!

Su instinto de padre lo impulsa de su cama como un resorte, por lo que sus pies descalzos pisan y destrozan las copas que descansaban en el suelo. La desesperación no le permite darse cuenta de los cortes que provocaron los cristales en sus plantas. A su frenética carrera, hacia el cuarto de su hijo, va dejando huellas de sangre por doquier.

Mientras sube la escalera y con los golpes aún sonando, no puede evitar que venga a su menta la imagen de su hijo siendo destripado.

Llega junto a la puerta, esta vez está cerrada, pero sin llave. La abre bruscamente y en ese preciso momento los golpes cesan. La habitación está vacía. Ni Joaquín, ni la dama de rojo devorándoselo se encuentran allí. Al comprobar que no hay nadie, su carrera ahora es recorriendo su casa por completo. Lo hace para comprobar que él es la única persona en todo el lugar. El suelo, tanto del primer piso como la planta baja, parece ser un mapa marcado con huellas de sangre. Sin salir de la desesperación toma su celular y sus dedos temblorosos marcan el contacto de Agustina.

—¡Joaquín! ¡Joaquín! — repite una y otra vez ni bien Agustina contesta con una voz adormecida.

—¿Qué sucede Federico? — cuestiona extrañada.

—¡Joaquín, Agustina, Joaquín! — nervioso revuelve sus pelos mientras las lágrimas recorren su rostro.

—¿Puedes calmarte federico? No entiendo que me dices ¿Qué sucede con Joaquín?

—Joaquín… no está… no se que sucede— su cara ya se encuentra empapada.

—Por favor, tranquilízate— le ruega hablando en voz baja —. Joaquín se encuentra aquí, durmiendo.

La confusión sobrepasa al llanto. Frederich, algo aliviado con la respuesta, se deja caer al suelo sobre sus rodillas. Respirando profundo trata de ralentizar sus pulsaciones que van a mil por hora.

—Federico… dime que sucede— insiste Agustina al escuchar la agitación y desesperación de su exmarido.

Él no da respuesta y sin decir una palabra más corta la llamada. Se agazapa en el lugar para nuevamente abrirle las puertas al llanto.

En casa de Agustina solo hay desconcierto. Ella queda mirando a su celular, con una expresión confusa luego del abrupto fin de la llamada. El estado en que escuchó a Federico la ha dejado con dudas, al punto en que se dirige a la habitación de Joaquín. Suspira aliviada al ver como el pequeño duerme plácidamente en su cama.

Ahora la preocupación recae solo en quien la llamó con tal desconsuelo y decide enviarle un mensaje *"No entendí que te sucede, pero ni bien quieras puedes llamarme para hablar"*

Algunas horas han pasado. El sol ya se alza sobre el horizonte, bañando con una cálida luz de amanecer a toda Stonelake. Frederich no ha sido capaz de volver a la cama y mucho menos pudo volver a conciliar el sueño.

Se encuentra en el corredor del primer piso, frente al cuarto de su hijo. Arrodillado, con un valde de agua a su derecha, una esponja en mano y sus pies vendados. Se encuentra terminando de limpiar sus propias huellas carmesí que el tiempo ya han secado.

Desde que pudo detener su llanto y acomodar un poco su *cordura*, no pudo parar de pensar en todo lo que viene sucediendo. Su cabeza no se detiene tratando de encontrar alguna explicación *lógica* a este día de pesadillas eternas.

Fue recién, cuando comenzó a fregar el suelo, que pudo realmente pensarlo con mas tranquilidad. Como si el estar concentrado en un acto repetitivo, a cada huella sangrienta, le hubiera permitido enfocar su mente en un pensamiento un tanto más detectivesco.

De todas las ideas que surcaron su oscura mente, reiteradas fueron las que llegó a la conclusión de que realmente se esté volviendo loco. El cerebro es una maquina tan delicada que, en cualquier momento y sin previo aviso, puede comenzar a fallar.

En ese momento, esponja en mano le cae, como un yunque, un

recuerdo más que revelador.

<< Si me conocieras enloquecerías >>

La frase que le dijo la dama de rojo casi al comienzo de este perturbador bucle. Frase que recuerda perfectamente haberla recibido en otra oportunidad.

Una huella mas y ya no hay mas que limpiar. Coloca la esponja dentro del balde ya teñido de rojo y, medio rengueando, descarga su contenido en el inodoro. Luego se dirige a la sala de su templo.

Instintivamente su vista se dirige al rincón donde, nuevamente se encuentra el tablero de la Ouija desplegado. Al aproximarse puede ver que, en esta oportunidad, el puntero triangular marca la palabra "SI"

—Por fin un día que no estás tan negativa.

Se detiene a pensar después de lo que se escabulló de entre sus labios. El referirse hacia el tablero como femenino le recuerda el porqué lo hizo de esa manera. Como una cadena, sus pensamientos se fueron entrelazando, hasta llevar a su mente al día en que adquirió la Ouija. Eso fue hace exactamente ocho meces, el mismo día en que Joaquín cumplió sus diez años.

08 de marzo del 2014.

Poco había pasado de que el reloj de péndulo marque las ocho de la noche, cuando sonó el timbre de la casa de Frederich. Al escucharlo, el escritor salta de su templo para rápidamente dirigirse hacia la puerta.

Al abrirla comprueba que quien caminaba, cruzando el jardín de entrada, era Agustina junto a Joaquín.

—¡Feliz cumpleaños, monstruito! — exclama ni bien lo ve y el niño corre hacia el con una enorme sonrisa en su rostro. Ambos se estrechan en un fuerte y efusivo abrazo.

—¿Qué me compraste pa? — pregunta con el mismo entusiasmo que lleva su abraso.

—¿Solo te interesa el regalo? — le pregunta su padre riendo mientras revuelve sus cabellos —. ¿O viniste a pasar una terrorífica noche de cumpleaños con tu padre?

—Creo que prefiero el regalo— responde el pequeño con una sonrisa pícara.

—Creo que yo también prefiero lo mismo— agrega Agustina al llegar junto a ellos —. Trata de no asustarlo mucho por favor— le pide casi a modo de súplica.

Era moneda corriente de que el niño, luego de una visita a su padre, vuelva atemorizado y sin poder dormir bien. Todo gracias a las pesadillas recurrentes que le provocan las historias que le cuenta su padre, a las cuales nunca logró acostumbrarse.

—No te preocupes Agustina ¿Quieres pasar? — invita amablemente.

—Te agradezco, pero tengo que irme volando.

—Entonces te puedo dar tu vehículo— le dice tomando una escoba que reposaba junto a la puerta.

—Eres un idiota Federico— fueron sus ultimas palabras antes de despedirse de su hijo y retirarse del lugar.

Padre e hijo ingresan a la casa.

—Bueno… ¿preparado para una inolvidable noche de hombres? — Federico realmente está contento de tenerlo en su casa el día de su cumpleaños.

Haciendo caso omiso a la pregunta de su padre, Joaquín vuelve a reclamar lo que para él es lo fundamental de ese día.

—Aquí está… aquí está— le dice mientras abría el cristalero, de donde saca un paquete no muy grande —. Al final voy a terminar creyendo que es lo único que te importa— extiende el regalo al muchacho.

—¡Gracias papi! — agradece alegremente al momento en que lo arrebata de sus manos. Luego destroza el envoltorio y, al descubrir lo que hay dentro, su rostro muestra clara decepción.

—¿Un libro? — increpa mirando su portada —¿De verdad? ¿un libro?

Es que ni siquiera la portada llama su atención. Es un libro de un marrón integro que muestran, tan solo, unas palabras en dorado y tan pesado como su cantidad de páginas.

—No seas así hijo. No es solo *un* libro. Es *el* libro— le dice al momento en que lo arrebata de sus pequeñas manos y lo sostiene frente a él, delante de su cara —. Son las mejores obras de Edgard Allan Poe— luego su padre muestra una gran sonrisa en busca de aprobación. Joaquín solo lo observaba con cara de no cambiar su opinión en cuanto a su regalo. En cambio, Frederich continúa parloteando con gran entusiasmo.

—Era de mi padre, tu abuelo. Ahora es tuyo y luego lo será de tu hijo ¿entiendes?

—Lo único que entiendo— responde burlándose —, es que ni siquiera lo compraste. Los rasgos de entusiasmo se borran del rostro de su padre, dándole lugar a un tono cansado.

—Sin dudas sales a tu madre— sentencia y el pesado libro queda descansando sobre el escritorio.

El fanatismo de Frederich por el género, siempre lo segó sobre la situación de que, su hijo, tal vez no comparta su misma devoción.

—¿Es necesario que tengas todo esto? — cuestiona el pequeño recorriendo la sala. La cual presenta alguna extravagancia diferente cada vez que la visita. Se detiene frente al reloj de péndulo. Siempre se sintió intimidado por aquella estructura de madera fantasmagórica, al punto que, el solo hecho de verla, le provoca escalofríos.

—Algún día lo entenderás hijo— decreta mientras recorre él mismo la sala, mirando a su alrededor como adorando cada objeto que guarda ahí —. O eso espero que hagas— agrega por lo bajo.

—El terror— detiene su andar y mirando fijamente a su hijo continúa hablando con una voz baja y profunda —. El terror, hijo. Es la única manera que tenemos de experimentar grandes dosis de adrenalina, pero siempre sabiendo que es una mentira— en ese momento va acercándose lentamente a su hijo, quien lo mira anonadado —Puedes llegar a sentir que estás por morir de miedo, pero cuando termina, te encuentras a salvo, ya sea en el cómodo sillón de tu casa o en una butaca de cine— Frederich se acerca más y más, hasta quedar hablando prácticamente sobre la cara del niño que lo mira con ojos asustados. Baja aún más el tono de su voz —Tu cabeza intentará jugarte una mala pasada, pero siempre estarás a salvo ¿o no? — termina con su relato y se aleja a la misma velocidad, como en cámara lenta, mientras espera la reacción del niño.

Joaquín es quien ahora avanza, a la misma velocidad, llegando frente al rostro de su padre.

—Tu si que asustas, mas que las historias que me haces leer— el comentario le arranca una sonrisa a su padre.

—Bueno, menos mal, porque a eso me dedico. Vamos monstruito, pediremos unas pizzas.

—¡Genial! — el sarcasmo es evidente en el pequeño — Un libro de regalo y pizzas de cena de cumpleaños.

Frederich no sale de su asombro. No puede creer lo que ha crecido su hijo. Aunque no tanto como sus comentarios irónicos. Juntos se dirigen hacia la sala comedor.

—Vamos hijo, que todavía queda una sorpresa.

La cena transcurrió de una manera muy amena. Entre bromas y poniéndose al tanto, fueron desapareciendo uno a uno las porciones de la deliciosa pizza de jamón y morrones que pidieron. Casi dos pizzas enteras han llenado sus estómagos y juntos descansan contra sus respaldos, respirando con algo de dificultad.

Para ese momento de sobremesa, el reloj ya marca las 00:15. Luego de llevar los trastos a la cocina, Frederich le pide a su hijo que aguarde en la mesa, que no se mueva, que ni se le ocurra irse a dormir. Aún falta un regalo más. Salvo que no es algo material lo que piensa regalarle, si no que es un momento, uno de aquellos que no le gusta a su exmujer.

Frederich mayor sale de la sala y en tan solo en un minuto regresa con sus manos detrás de la espalda, claramente escondiendo algo.

—Te dije que faltaba una sorpresa— anuncia para llamar la atención de Joaquín, a quien ya se le estaban cerrando los ojos, mientras descubre lo que lleva en sus manos. La caja de la Ouija. Los ojos del niño se abren asustados.

—¡Papá! Dijiste que nada de terror en mi cumpleaños—

reprocha casi haciendo berrinche. A lo que Frederich tan solo responde señalando el reloj que marca que ya había dejado de ser su cumpleaños hace treinta minutos. Joaquín agacha su cabeza en un gesto de resignación.

—Vamos Joaquín. Será divertido— trata de impulsarlo a que lo siga en una locura más.

Sin recibir respuesta y tomando el silencio de su hijo como un sí, saca el tablero de su caja y lo coloca en el centro de la mesa, entre los candelabros de tres velas. Mientras Frederich las enciende una a una, su hijo inspecciona la caja. Al darle vuelta, una pequeña tarjeta cae desde su interior.

—Nunca juegues solo— lee el jovencito con la tarjeta en su mano —. Nunca te vayas sin despedirte. Nunca retes a un espíritu—

—¿Son como una especie de reglas? — pregunta su padre mientras enciende la última vela.

—Si tu no sabes… no es mío esto— responde encogiendo sus hombros.

Cada uno se ubica en los laterales de la mesa, frente a frente. Frederich coloca el puntero triangular en el centro del tablero.

—¿Sabes que es esto? — cuestiona el adulto señalando con su mirada.

—Teniéndote de padre, es imposible no saberlo— su respuesta provoca una sonrisa.

Luego de que Joaquín, a pedido de su padre, apaga la luz, ambos colocan sus dedos índices sobre el puntero triangular.

El silencio es abrumador. La sala se encuentra iluminada por la luz blanquecina de la luna que ingresa por las tres ventanas de la sala, ayudada por la titilante danza de las pequeñas llamas en los candelabros. Claramente puede verse el temor reflejado en el rostro del niño, mientras que su padre ya comienza a palpitar esa adrenalina de la que tanto habla.

—Tranquilo hijo, es solo un juego— intenta calmarlo antes de comenzar con aquello que, para él, es de esa manera. Un simple juego para asustar a los crédulos. Pero lo que no sabe es que esa noche, cambiará de opinión.

Luego de unas cuantas respiraciones profundas están listos para comenzar.

—Si hay algún espíritu en esta casa— Frederich comienza tal cual le había dicho el vendedor que debía hacerlo —, que se haga presente.

Ambos aguardan con sus dedos sobre el puntero que se mantiene estático. Nada sucede. Frederich repite casi las mismas palabras.

—Si hay algún espíritu aquí, hágase presente por favor.

Ninguno de los dos sabe muy bien que es lo que debería suceder luego de eso. Sus miradas incrédulas se cruzan.

—Tal vez no habla español— bromea el pequeño, tratando de liberar algo de tensión.

Ambos se mantienen en silencio por unos instantes y vuelve a intentar, de una manera un tanto impaciente.

—Si hay alguien aquí, que suceda algo.

En ese momento las pequeñas llamas se agitan, como impulsadas por una suave brisa inexistente. No se mueven mucho, pero si lo suficiente como para que ambos lo noten.

La mirada de Joaquín es dirigida a ellas de forma automática. Sus ojos llegan justo antes de que cese su danza. Su ceño se frunce, pero para su padre eso no es suficiente. Tranquilamente pudo ser una brisa, las ventanas están abiertas, pero el hecho de que su piel no la perciba, lo pasa totalmente por alto.

—¿No puedes hacer más que soplar un poco unas velas? —trata de bromear en busca de que se disipe el miedo que ya es bastante marcado en su hijo. Su cara lo delata.

Las llamas danzan nuevamente, pero esta vez, se les suma el puntero que vibra mientras el fuego se mueven, hasta detenerse al mismo tiempo. Sus dedos lo pudieron percibir a la perfección. Sus miradas se cruzan.

Joaquín, lejos de asustarse aun más, comienza a sentir esa adrenalina de la que tanto le habla su padre. Una adrenalina tan fuerte que hace que él sea quien hable ahora.

—Si estás aquí, que pase algo— se adelanta antes de que su padre pregunte nuevamente.

A lo lejos comienzan a escucharse unos aleteos. Se sienten como si estuvieran acercándose ya que el sonido va elevándose en intensidad. A ellos se le suman unos fuertes graznidos. Se escucha como si un sinfín de cuervos se estuviesen aproximando hacia ellos. El sonido aumenta a un volumen casi insoportable, lo que hace que ambos tapen con ambas manos sus oídos.

Los graznidos se sienten como clavos perforándoles el cerebro. Sus caras presentan un gesto de dolor impresionante. Las arrugas en los ojos se hacen presentes mientras los mantienen cerrados.

De un momento al otro el sonido cesa de repente. Al percibirlo, juntos abren sus ojos mientras, lentamente, despegan sus manos de las orejas.

Al menos unos cincuenta cuervos hay posados sobre los marcos de las tres ventanas abiertas. Los miran fijamente con sus ojos de muerte.

Padre e hijo se miran atónitos. Los cuervos no hacen mas que mirarlos fijamente, mientras, se puede oír a el resto de la gran bandada revoloteando en círculos sobre la casa. -ya no hay graznidos, tan solo se escucha el fuerte aleteo de miles de alas.

Frederich se levanta de su silla lentamente.

—¿A dónde vas papi? — las palabras salen entrecortadas debido al miedo que lo hace tartamudear. Su padre camina unos pasos sin contestar, sin quitar la vista de los cuervos que lo siguen con sus pequeñas cabezas emplumadas.

—Solo— continua lentamente hacia la puerta de la cocina — … necesito un trago.

Su padre se pierde en la cocina y el pequeño, sin consultar, decide acompañarlo. De ninguna manera piensa quedarse solo junto a los carroñeros acechantes.

—¿Qué hacen esos cuervos aquí? — pregunta el niño aferrado al pantalón de su padre. Frederich abre una de las puertas de la alacena y se hace de una botella de whisky a estrenar.

—No tengo la menor idea hijo— responde antes de dar un largo sorbo.

Con su hijo, aún aferrado a su pantalón, vuelve a la sala donde siguen aquellos cuervos posados sobre los marcos de las ventanas.

Inmóviles como antes, salvo por sus cabecitas que los siguen en su marcha hasta las sillas.

Nuevamente, ubicados en sus respectivos lugares, Frederich deposita su dedo sobre el puntero triangular. Su hijo se encuentra de brazos cruzados y con cero ganas de continuar con esto. Ahora el miedo le gana a la adrenalina.

—Vamos hijo, pon tu dedo.

—No quiero pa, ya basta.

—Dale Joaquín ¿recuerdas lo que decía la tarjeta? Nunca te vayas sin despedirte.

El niño se mantiene pensativo, pero luego desiste.

—Esta bien, pero nos despedimos y listo.

— Si hijo, lo que tu digas.

La mano del pequeño se aproxima temerosa al centro del tablero, donde aguarda el puntero triangular. Ni bien su yema rosa la madera, las ventanas de la sala se cierran con una fuerza descomunal y de manera simultánea. Juntos se sobresaltan por el golpe y los cuervos vuelan despavoridos nuevamente, luego de esquivar el mortal golpe, para unirse con los demás que aún vuelan en círculos sobre las tejas del 348 de Boulevard.

Uno solo. Tan solo uno no ha logrado escapar a tal azote de ventana. Aplastado, en la única ventana que Joaquín no puede ver, agoniza con un graznido de lo más tétrico. El filo de la ventana actuó como guillotina, pero sin llegar a cumplir su función, solo lo aplastó por su centro. Ahí está, cuello caído, aun graznando de manera casi imperceptible y agonizante. Bajo suyo, las plumas caen al desprenderse de su pequeño cuerpo.

Los ojos del escritor no se desvían de la pobre y aplastada ave. Impactado o guiado por su morbo, no puede quitarle los ojos de encima.

—¡No voltees! — exclama Frederich al ver por el rabillo de su ojo que el niño atina a darse vuelta. Tratando de evitar que vea tan desagradable escena.

—Pobrecito— por mas que no voltee, el niño no es tonto. Sabe perfectamente que es lo que sucedió, como también imagina cual fue el fatídico final del ave, al momento en que sus graznidos se pierden en la sala.

Un escalofrió recorre la nuca de Frederich y en el mismo instante comienza a sentirse observado. Siente que no están solos ellos dos. Lentamente posa su dedo en el puntero y con un movimiento de cabeza le pide a su hijo que haga lo mismo. El niño se niega meneando su cabeza. El padre insiste y muy a pesar suyo accede.

—¿Hay… alguien… aquí? — pregunta con cautela.

El puntero triangular, junto con sus dedos, comienza a moverse paulatinamente. Padre e hijo se miran sorprendidos y las velas de las llamas vuelven a bailar, pero esta vez con todas las ventanas cerradas. El danzar anaranjado del fuego deja en evidencia las gotas de transpiración que ambos llevan en sus rostros. El puntero continúa avanzando y se detiene en el "SI", para luego volver al centro.

—Si lo estás moviendo, no es gracioso— acusa el niño asustado, señalando a su padre con su mano libre.

Por un momento duda sobre que respuesta dar. Si le dice que si, lo dejará tranquilo, pero lo mas probable es que el *juego* se termine. Si dice que no, aumentará el terror en su hijo, probablemente llegando a la misma conclusión. Sabe muy bien que él no es el causante del movimiento del puntero y elige omitir la respuesta.

Muchas fueron las veces en las que puso en duda la veracidad de la Ouija y ahora está comprobando de que estaba muy equivocado. No sabe si, como dicen, es la manera de romper el umbral entre los vivos y los muertos, pero que suceden cosas extrañas… eso le queda muy claro.

Por dentro de su cuerpo lo recorre una extraña sensación. Una mezcla justa entre temor y emoción. Una adictiva adrenalina, similar a la que siente cada vez que experimenta sobre algo para un nuevo libro. Pero esta vez la adrenalina es mucho más profunda, a tal punto en que la puede sentir corriendo por sus venas frías.

La vez que escribió sobre un cementerio maldito, si bien no le fue agradable pasar aquellas noches durmiendo entre tumbas, nunca tuvo una experiencia paranormal. Así como también, nunca sucedió ninguno de los eventos relatados en el que hablaba sobre el hotel de los asesinatos. Esta vez realmente está sucediendo algo, por lo que no puede dejar de pensar en la magnifica historia que escribirá al respecto. Ese pensamiento es el que lo impulsa a ir hasta el final.

—Tranquilo hijo— trata de calmarlo nuevamente—. Hazle una pregunta, vamos— lo alienta buscando que comience a tomárselo de una manera más amena. El niño duda un instante, aun tratando de no voltear la mirada hacia atrás, donde antes había un cuervo, y ahora hay solo una mancha roja con un empaste de plumas negras.

—¿E-res bue-no? — pregunta titubeante.

Ahora el puntero se mueve de forma mas ligera. Se desplaza hacia el "SI". Una leve sonrisa comienza a dibujarse en Joaquín. Con la misma velocidad se le borra al frenar el puntero sobre el "NO", para luego volver al centro.

—No entendí— el niño clava la mirada en su padre — ¿Es bueno o malo?

—Supongo que todos somos un poco de ambos— le responde sin lograr disipar su inquietud — Tal vez debemos ser más específicos.

El puntero nuevamente marca el "SI" y vuelve al centro. Frederich sonríe al ver que la Ouija le responde.

—Tranquilo monstruito, al fin y al cabo, es solo un juego. Si hasta tiene un tablero como los que solíamos usar para jugar.

—Papá ¿me vas a decir que se parece al Monopoly?

—Claro que no, pero es otro juego. Vas a ver que no sucederá nada malo.

—Díselo al pobre cuervo.

Ambos se ríen, sin siquiera entender por qué se están riendo en tal situación. Serán los nervios. La imagen de ellos riendo, a la luz de las velas, con un cuervo muerto en la misma sala, está muy lejos de parecer algo gracioso.

—¿Eres hombre? — pregunta Joaquín ya más relajado y adentrándose en el juego. El puntero no se mueve y Frederich le

hace un gesto como preguntándole más. El niño se percata —.
Bueno… ¿fuiste hombre?

"NO"

—Interesante— Frederich esboza una sonrisa al tiempo en que guiña un ojo a su hijo.

—¿Fuiste una mujer? — Joaquín continúa interactuando con el puntero.

La Ouija tarda unos segundos en responder, como si estuviera pensando que respuesta le convendría dar.

"SI"

—No hagas preguntas obvias Joaquín. No desperdiciemos la oportunidad

—Si fue tan obvia— el niño se inclina sobre la mesa para acercarse un tanto a su padre —¿Por qué esperaste a que responda para decirlo?

—Eres muy astuto hijo. Es verdad, podría ser cualquier otra cosa.

Sobre sus cabezas se continúa escuchando el aleteo del millar de cuervos. Volando en círculo, como cuando rondan la muerte.

El vuelo de los carroñeros es opacado por un fuerte viento que azota las tres ventanas, como si viniera en todas las direcciones.

La sala se encuentra en penumbras. Las llamas solo oscilan cuando el puntero se mueve, pero cuando está quieto, muestran un diminuto fuego sin fuerza.

—Vamos a ver que podemos averiguar— Frederich mueve su cuerpo hacia los costados como afirmándose en la silla, como si estuviera a punto de comenzar un alocado viaje en montaña rusa. Con su mano libre, la que no está sobre el puntero, toma la botella de whisky y le da un largo sorbo de coraje.

—¿Estás en esta habitación?

Las llamas crecen con el movimiento del puntero y vuelven a achicarse cuando descansa en el centro.

"SI"

—¿En que parte de la habitación?

Joaquín solo se limita a observar y escuchar. Las llamas se vuelven más intensas mientras el puntero triangular se desplaza lentamente hacia donde está Frederich, hacia la parte baja del tablero, donde están marcados los números del 0 al 9. El puntero continúa su recorrido sin detenerse sobre ningún número. Pasa justo entre el medio del 4 y el 5. El niño debe hacer un esfuerzo para no dejar de tocar el puntero que se aleja de él, el cual se detiene en el limite del tablero, justo frente a Frederich, pero unos centimetros hacia su derecha.

Padre e hijo se miran sin entender y la oscuridad cobra fuerza al volver el puntero a su lugar, con la misma lentitud con la que llegó hasta ahí.

—¿En qué parte estás?

El triangulo realiza el mismo recorrido velozmente, pasando entre el 4 y el 5 y deteniéndose al borde del tablero. Pero lo hace de una manera abrupta, como a quien le molesta que le pregunten dos veces lo mismo.

Ninguno de los dos llega a entender bien el tipo de respuesta que está dando.

—¿Estás detrás mío? — recién, luego de formular la pregunta, piensa que es mejor no haberla hecho.

"NO"

Frederich suspira aliviado.

—¿Delante de mí?

"SI", "NO"

Al parecer quien juega es quien responde y no ellos.

—¿Puedes especificar dónde?

El puntero por primera vez abandona las respuestas monosilábicas y comienza a recorrer las letras, una a una. Letras que forman su respuesta.

"REGAZO"

Su cara lo expresa todo. Sus ojos se abren desorbitadamente al momento en que los poros de su frente vuelven a empaparlo. Otra vez en él, una mezcla de sensaciones. El saber que un *supuesto* espíritu reposa sobre su pierna, al parecer la derecha, lo inquieta. Al mismo tiempo que, sin entender muy bien porque, llega a excitarlo un poco. Puede sentir claramente un leve cosquilleo entre sus piernas.

—Bueno hijo, parece que estamos frente a un espíritu picarón.

Una sonrisa y un guiño al hablar deja en claro que bromea. Eso logra disipar la tensión que lleva su hijo en el rostro. Al niño no llega a hacerle gracia y solo lo mira con su mejor cara de Póker.

En ese instante, los pelos cercanos a la oreja derecha del escritor se mueven como impulsados por el viento de un soplido, similar al que hace bailar a las llamas en los candelabros. Frederich se sobresalta, al punto que quita su dedo del puntero y sacude su mano cerca la oreja, como espantando una mosca.

—¿Qué sucede papi?

La respuesta demora algunos segundos en salir de su boca. Segundos que su cerebro utiliza para tratar de entender que fue lo que sintió. Como si alguien hubiera resoplado muy cerca suyo, justo del lado donde dice estar sentado el pícaro espíritu. Algo que no le resulta difícil de entender, teniendo en cuenta los sucesos de esta noche.

—Nada hijo… no sucede nada.

Joaquín sabe perfectamente que esa no es la verdad. Algo le pasó a su padre como para que quitara su mano del puntero tan bruscamente y comienza a inquietarse. Su padre, aunque también se encuentre asustado, debe mantener la calma. De no ser así, provocará que su hijo no quiera seguir *jugando*. No encuentra mejor manera de hacerlo que continuar bromeando.

—Tal vez sea una admiradora ¿tú que dices?

Joaquín lleva su labio inferior dentro de su boca y lo muerde mientras que menea la cabeza a los lados. A veces su padre llega a fastidiarlo.

—¿Te conozco? — Frederich le habla al puntero de manera literal.

La luz disminuye, el viento que azota las ventanas cobra mayor intensidad y vuelven a escucharse los graznidos de los cuervos.

"ENLOQUECERIAS"

Al recordar esa respuesta es cuando realmente comienza a atar cabos. El primer día que vio a la dama de rojo, luego de su café en Fiftys, él le hizo la misma pregunta y la respuesta fue la misma que arrojó la Ouija.

En ese momento obviamente no tenía ningún significado y hasta sonó ilógico, pero ahora, luego de los acontecimientos desde que se cruzó por primera vez con Scarlet, aquella respuesta comienza a ser mas que significante. Ya ni siquiera cree que Scarlet sea su nombre real. Eso, teniendo en cuenta de que, algo de todo esto *sea real*.

Sin hacer ninguna pregunta, las llamas comienzan a disminuir en intensidad. Ambos observan el puntero con suma atención. No se mueve, sin embargo, la luz continúa achicándose hasta desaparecer. Dejándolos envueltos por una total oscuridad.

—¿Papi? — la voz del pequeño se escucha temblorosa.

—Tranquilo hijo. Estoy aquí— la respuesta contiene el mismo nerviosismo que la de su hijo y es casi un susurro.

Aunque no lo vea, su padre tiene los ojos abierto a mas no poder, tratando de que sus pupilas se acostumbren a la negrura que los envuelve. Ambos se mantienen callados. El graznido sobre sus cabezas disminuye al igual que lo hicieron las llamas.

Un destello cegador ingresa por las ventanas, como un golpe directo a los ojos. Una luz blanquecina tan intensa que los obliga a taparse los ojos. Joaquín se cubre con sus dos pequeñas manos, mientras que Frederich lo hace con el antebrazo izquierdo, sin dejar de tocar el puntero con la otra mano.

Cuando sus aturdidas retinas se calman, llega a sus oídos el sonido de un trueno, que se deja escuchar con la misma magnitud que su destello. El ruido literalmente hace temblar a la casa. Seguido y continuando con el mismo grado de rudeza, una lluvia torrencial comienza a azotar los cristales de las tres ventanas, como si lloviera en todas direcciones.

Frederich fija su vista recuperada en las grandes gotas que golpean y se escurren por el vidrio que, en lugar de escurrirse hacia abajo, lo hacen horizontalmente. Es que la inmensa bandada de cuervos ahora rodea la casa con su vuelo espiralado, formando un remolino de plumas mojadas.

El niño descubre sus ojos abriendo lentamente sus dedos, pero sin quitar sus manos del rostro. Ambos observan los candelabros que nuevamente muestran sus llamas.

—Papi ya basta— casi una suplica es lo que sale de los pequeños labios del niño, pero su padre aún no se encuentra satisfecho.

Él comprende perfectamente el temor que se apodera de su hijo, porque es el mismo que recorre su cuerpo. Muy a pesar de ello, está seguro de que tiene que ir un poco mas allá para conseguir el mejor material para su novela. Al menos saber con quien está hablando y por qué.

Un trago mas de whisky y está listo para continuar. Debe ir a fondo. Puede que Joaquín no soporte mucho más.

—¿Puedes hacerte presente? — pregunta con seguridad ni bien el niño posa nuevamente su dedo en el puntero.

—¡No, no, no! — exclama con agudos chillidos y lágrimas en los ojos al momento en que retrae su mano, alejándola del triángulo de madera.

—Vamos hijo. Terminaremos rápido con esto— lo mira a los ojos, tratando de generar confianza —. Estoy aquí. Estoy contigo—

Sin que el niño llegue a posar su dedo y tan solo con el de Frederich sobre él, el puntero comienza a moverse. Creyendo que tal cosa no puede ser posible y con ánimos de experimentar, el escritor quita su dedo. La expresión de sorpresa se hace presente en ambos. El puntero triangular se desliza con soltura sin que nadie lo toque y se detiene a escasos centimetros.

"NO"

Sin ayuda, tal como fue, vuelve al centro.

Ambos quedan inmóviles con sus brazos al costado. Joaquín agarrado de su silla, mientras que Frederich busca algo en el bolsillo derecho de su pantalón. Tan solo dos segundos le toma sacar el celular. Enciende la cámara, pone a grabar y lo coloca cuidadosamente en uno de los candelabros, con el fin de documentar lo que está sucediendo.

—¿No puedes o no quieres mostrarte? —

Nuevamente el puntero responde negativamente, sin contacto

de dedo alguno, pero con más rapidez. Pareciera enfadarse cuando la pregunta es reiterada.

—Basta papi, por favor— pide con los ojos ahogados, justo cuando la primera gota se desprende y rueda por su mejilla. Pero ni siquiera eso alcanza para detener la adrenalina del escritor, que ni parece escucharlo.

—¿Puedo conocerte?

El puntero se mueve.

—Papi…

"SI"

—… basta.

—¿Ahora?

"NO"

Como siempre a cada respuesta, las llamas se encojen y las gotas que azotan los cristales cobran intensidad.

—Papi, no quiero jugar más— la cara del niño ya está empapada. No le faltan ganas de levantarse e irse corriendo de la sala, pero no puede sacar de su cabeza una de las reglas del juego "Nunca juegues solo". El ya está jugando, su padre no dejará de jugar. Bajo ningún punto de vista pretende quedarse solo en ningún momento. El miedo carcome sus pequeños huesos haciéndolo temblar. No habría de quedarse tranquilo, solo, entre las perturbadoras adquisiciones de su padre. A quien lo que el niño dice, le entra por un oído y sale por el otro.

—¿Cuándo puedo conocer…

La pregunta no llega a completarse. Las palabras son interrumpidas por una repentina oscuridad. Nuevamente las velas dejaron de arder, dejándolos sumergidos en una negrura que solo es contrapuesta por la luz de los rayos de la tormenta que acecha el lugar.

Casi enmudecido por el ruido de las grandes gotas que golpean los cristales, alcanza a oírse el llanto de Joaquín. Sus dos pequeñas manos cubren su rostro. Frente a él, Frederich se encuentra como petrificado. Su brazo derecho sobre la mesa y su mano izquierda aferrada al cuello de la botella de whisky, como si fuera un náufrago en altamar y la bebida fuera su único salvavidas. Su vista fija en el puntero triangular, que puede ver a cada *flash,* como si la misma tormenta los fotografiara sobre el tejado. Espera atento a que se mueva. Aguarda a que el trozo de madera triangular responda a la pregunta que casi termina de formular, pero no. Al igual que él, el puntero está inmóvil.

Los segundos parecen horas y los minutos una eternidad.

Ahora su vista, a cada flash, alterna sincronizadamente entre el puntero inmóvil, su hijo que continúa llorando sin descubrir su rostro y el celular, que indica que la grabación sigue en curso. En ese momento, algo fuera de todos los ruidos intensos, aunque comunes, los oídos de Frederich logran captar algo más. Un sonido similar a madera roerse. Al mismo tiempo la mesa se siente temblar en conjunto.

Los ojos del escritor, casi por instinto, comienzan a recorrer la mesa. La oscuridad no le permite encontrar aquello que busca sin saber muy bien que es, pero los flashes que provienen de la tormenta le permiten fijar la vista durante al menos dos segundos.

Joaquín espía de entre sus dedos. Su vista es borrosa gracias a sus ojos empañados. Puede ver la mano de su padre que ha abandonado la botella, la cual ahora se encuentra recorriendo la mesa, a la izquierda del tablero, rosando su palma contra la madera. Su derecha imita a su compañera, pero del lado contrario y esa es justamente con la que logra percibir una irregularidad, justo al lado del tablero.

Los rayos se detienen y solo queda su sentido del tacto para descubrir lo que es. Lo que toca con las yemas de sus dedos son como surcos, similares a los que deja una fina gubia al devastar la madera. Junto a las peculiares marcas se encuentra, en forma de viruta, lo que antes llenaba esos surcos.

La cegadora luz de un nuevo rayo ingresa por las ventanas y Frederich hace un gran esfuerzo por mantener sus ojos abiertos. Sus pupilas no logran acostumbrarse antes de que la oscuridad los vuelva a devorar, por lo que no alcanza a divisar que es exactamente lo que siente con sus manos. Un segundo mas tarde llega el sonido del trueno. El sonido va disminuyendo como un avión que se aleja, ni bien lo hace, la lluvia cesa y las velas vuelven a encenderse.

El llanto del niño parece habérselo llevado la tormenta, mientras que Frederich, ajeno a su hijo, busca con sus ojos las marcas halladas anteriormente. Aún están ahí y puede verlas con claridad. La mesa parece haber sido marcada, tal y como sintieron sus dedos, pero al ver comprueba de que no son solo unas marcas al azar. Lejos de parecerse al paso de una gubia, se asemejan mas a unos arañazos. Arañazos que forman letras y las letras forman palabras.

"TERMINA LIBRO"

—¿Qué demonios?

Su dedo índice recorre las marcas sin poder creer que esté sucediendo en realidad.

—¿La voy a conocer cuando termine el libro? — se pregunta a si mismo, tratando de comprender a que refieren aquellas palabras. Queda mas que claro que en la sala no están solos y mas aun cuando una voz se hace presente. Una voz que se encuentra muy lejos de ser la del pequeño Joaquín. Fuera, la tormenta y los graznidos de los cuervos recobran su fuerza y se hacen escuchar con una furia atroz.

"Parece que te gusta reiterar las preguntas ¿no?"

Se escucha decir a una voz ronca, descompuesta y agonizante. Una voz de lo más aterradora.

El sonido le llega de frente y, al oírlo, levanta lentamente su mirada. Delante de él está Joaquín, con sus palmas sobre la mesa y con la cabeza hacia abajo, como si estuviera mirando su propio ombligo.

—¿Estas bien hijo?

"A ti te gusta repetir"

Se escucha decir a aquella voz mientras Joaquín, lentamente, levanta su mirada ", pero ¿no puedes responder?" Joaquín ya tiene el rostro de frente a su padre, los ojos en blanco y sus labios se mueven acompañando a esa voz ronca, descompuesta y agonizante.

—¡Joaquín! — exclama alterado, con sus ojos desorbitados por lo que ve. Al ver que la voz proviene de su pequeño, intenta ponerse de pie. Solo lo intenta, porque en ese momento su hijo, o lo que se encuentre dentro de él, extiende sus manos hacia Frederich y la silla del escritor se arrastra bruscamente hacia adelante, dejándolo aprisionado contra la mesa y sin poder abandonar su lugar.

—¡Deja a mi hijo en paz! — gruñe entre dientes mientras intenta, desesperadamente y en vano, liberarse.

El rostro de Joaquín esboza una siniestra sonrisa mientras lo mira fijamente con sus ojos carentes de color.

"Parece que no entiendes"

Joaquín cruza sus pequeñas piernas, pero con la delicadeza de una niña, luego reposa sus manos una sobre la otra y ambas sobre la rodilla que le queda por encima.

"¿Continúas sin responder y encima me das una orden?"

Descruza sus piernas y las vuelve a cruzar hacia el otro lado.

"Ahora respóndeme ¿Te gusta repetir?"

Frederich hace un esfuerzo para serenarse al ver que es imposible liberarse de su silla.

—Es solo que tus respuestas no son precisas— se justifica tratando de dar alguna respuesta a la exigencia de la voz que habita en su hijo.

"Tampoco pretenderás que escriba un testamento usando un tablero o lastimándome mis uñas"

La sonrisa perversa del niño se acrecienta al momento en que eleva sus manos para mostrárselas a Frederich. Sus uñas tienen un largo peculiar, terminadas en punta, algunas rotas y otras con viruta de madera en ellas. Sus manos vuelven a reposar en su rodilla.

—Es que…

"¡Es que nada!" Vocifera con enojo y ya carente de sonrisa "¿Te gusta o no te gusta repetir?"

Esta vez, sin hacer ningún movimiento, la silla ejerce un poco más de presión y la mesa aprieta cada vez mas su pecho, al punto de comenzar a quitarle el aire.

—Si, si… digamos que si— responde con dificultad y sin saber si es realmente la respuesta que quiere dar. Dice algo con tal de complacer a quien amenaza con partirle el esternón. Al responder, la presión disminuye, pero sin liberarlo. La siniestra sonrisa vuelve a hacerse presente.

"Entonces, ya que tanto te gusta, puede que repitas una y otra vez"

—¿Ahora puedes dejar a mi hijo? — pregunta mirándolo fijamente, con su cara al rojo vivo, producto de la fuerza que aún hace para liberarse. Un gesto de enojo e impotencia se hace presente en el rostro de Frederich.

"Tal vez" Sus piernas vuelven a intercalarse "Si me das lo que quiero"

—¡¿Qué quieres?!

El niño separa sus piernas y sin levantarse coloca la planta de sus pies sobre el canto de la mesa. Separa levemente sus labios y pasa su lengua por sobre el superior, de izquierda a derecha.

"Quiero sexo"

Frederich suelta una carcajada al instante.

—¿Estás loca? Estás en el cuerpo de mi hijo. Además, nunca tendría sexo con… con… con lo que quiera que seas.

Aquello provoca que, lo que sea que habite en Joaquín, estalle de risa. Las mismas cesan para darle paso a una tos de los mas seca. La risa se entrecorta cuando la pequeña boca comienza a expulsar humo a cada tosida.

"Primero" comienza a decir mientras aún continúan algunas tosidas y el humo continua saliendo ", no dije que lo quería ahora. Segundo, se que es tu hijo. Soy perversa, pero no tanto"

—Lo que quieras, pero deja ya a mi hijo.

"Así y todo" la perturbadora voz comienza a acrecentar su fuerza "¡continúas dándome ordenes!"

Los ojos blancos de Joaquín se muestran por completo, como si sus parpados hubieran desaparecidos y su mandíbula se abre de una manera imposible sin que se disloque en sus uniónes. Sin que sus labios acompañen, la voz sigue gritando dentro de él.

"¡Te has sentenciado tú mismo con tu jueguito, *escritor*!"

En un momento de lucidez, entre su terror y desesperación, Frederich estira sus brazos y, de un movimiento brusco, sierra el tablero por su mitad. Sepultando dentro de el al puntero triangular.

Al instante, tanto el cuello como la cabeza del niño, comienza a sacudirse, como si se tratara de un ataque de epilepsia extremo, pero solo de los hombros hacia arriba.

La silla deja de aprisionar al escritor, quien automáticamente se pone de pie. Corriendo se dirige hacia su hijo y toma su rostro con ambas manos, tratando de detener su frenético temblor, pero sin lograr hacerlo. La voz continúa escupiendo palabras desde su interior.

"¡Te condenas aún más!"

Los ojos del niño vuelven a la normalidad, mostrando nuevamente iris y pupila.

—¡Papi, ayúdame por favor!

El blanco vuelve a reinar en sus cuencas.

"¡Voy a venir por ti…"

—¡Deja tranquilo a mi hijo! — exclama ya zarandeando al pequeño y gritándole frente a su cara casi desfigurada.

"por ti y luego por tu hijo!"

—¡Papi, por favor… duele!

—¡Basta! — los brazos de Frederich rodean al pequeño y lo aprieta con todas sus fuerzas, como tratando de exprimir y sacar por la fuerza a lo que habita dentro de su hijo, como si se tratase de un pomo de crema dental.

La tormenta se detiene, ningún graznido ni aleteo se escucha y los nubarrones se desasen dando paso a una fuerte y blanquecina luz de luna. Luego de un suspiro Joaquín se desmorona en los brazos de su padre.

Las llamas de las velas vuelven a la normalidad e iluminan la sala cálidamente. Toma distancia de su hijo inclinándolo hacia atrás y con ayuda de su pulgar separa los parpados que ocultan a los pequeños ojos que ya han vuelto a la normalidad. Si bien el niño se encuentra desmallado, la tranquilidad vuelve a su cuerpo, aunque su respiración continúa sintiéndose agitada.

Algo aliviado, al ver que eso que habitaba dentro del pequeño ya no está, vuelve a estrecharlo entre sus brazos. Luego de reposar su mentón sobre el pequeño hombro de su todavía desvanecido hijo, sus ojos advierten algo sobre el suelo, algo que llama poderosamente su atención. Una tarjeta blanca. Arrodillado en el suelo le es fácil llegar a ella. Ya en su mano la tarjeta se vuelve de un color anaranjado gracias a la cálida luz de los candelabros, luz que le permite leer con claridad aquellas letras negras que lleva escrita. Aquello que hoy le da la certeza que fue lo que marcó su condena.

El miedo fue lo que hizo que Joaquín no abandone la sala, pero también había pensado en esa tarjeta al tener que dejar solo a su padre con el condenado *juego*. En cambio, Frederich no había tenido presente las reglas. "Nunca desafíes a un espíritu. Nunca te vayas sin despedirte".

Elevado y descansando sobre sus brazos, lleva a su hijo a que repose en su habitación. Para luego volver en busca de su celular, con el cual había documentado lo sucedido y lo que seria de suma importancia al escribir su nuevo libro. El móvil no mostraba en su pantalla que esté filmando al momento de recuperarlo. Peor aún. El archivo había desaparecido, nada había quedado documentado.

Las fichas fueron cayendo en su cabeza cual rockola un sábado a medianoche <<*Me conocerás cuando termines tu libro*>> había prometido el ser que se apoderó del cuerpo de su hijo esa noche. Ese día había llegado sin siquiera darse cuenta de que así era. 08 de noviembre, un día interminable de pesadillas, que se reiteraba como también lo había sentenciado <<*Entonces, si tanto te gusta repetir, puede que repitas una y otra vez*>>

Ahora recuerda perfectamente cada palabra que dijo esa voz ronca, descompuesta y agonizante y hasta él mismo se había encargado de complacer su pedido <<*Quiero sexo*>>

Siempre que la dama de rojo o Scarlet, como se hace llamar, se presentaba, la acompañaba el olor a cigarrillo. A veces hasta el humo se dejaba ver, como aquel día en el baño, detrás de él, sobre su hombro. Como así también su peculiar cigarrera dorada. Todos los detalles que hasta ahora le habían pasado desapercibidos terminan encajando como piezas de un terrorífico rompecabezas.

<<*Si me conocieras enloquecerías*>> fueron sus palabras el primer día o, mejor dicho, la segunda vez que le hizo la pregunta. La primera vez no había sido a la dama, sino al tablero, quien dio la misma respuesta.

Aún se encuentra de pie junto al tablero, después de haber limpiado las huellas de sangre que dejaron sus propios pies comino a la habitación de Joaquín. Lo observa fijamente mientras todos los recuerdos vuelven a su mente y al final, una idea se hace presente. Una idea tan descabellada como lo está siendo este bucle que lo tiene atrapado entre sus redes.

—Tengo que volver a jugar.

Si bien ya lo tiene decidido, solo hay un inconveniente ¿Con quien lo haría? ¿Quién estaría dispuesto a someterse a la Ouija? Eso, sin contar que debería de poner al tanto a la persona de lo que está sucediendo ¿Quién podría seguirlo sin pensar que se ha vuelto completamente loco?

La primera persona que viene a su mente, mientras recorre la sala, pensante alrededor de su templo, es quien insistentemente le pidió durante estos o este día que vaya a verlo. Su amigo Javier.

Rápidamente y sin pensarlo mucho, toma su teléfono y lo llama. El característico tono de llamada se escucha mientras continúa su caminata en círculos, pero ahora a una velocidad capaz de dejar un surco en el suelo. Los nervios se apoderan completamente de él. Javier no atiende y Frederich revuelve su cabello mientras piensa como plantearle a su amigo tal descabellada idea <<*Mejor le digo que venga y una vez aquí le cuento todo*>>

—Hola— por fin atiende.

—¡Hola Javier, querido amigo! — lo saluda con entusiasmo, tratando de ocultar su nerviosismo —¿Cómo estás amigo?

—¡Ey Federico! Que sorpresa.

—Si… se que ando medio perdido.

—¿Medio? Solo si te miro con un solo ojo.

—Lo sé, lo sé, pero no me castigues.

—¿Y que cuentas? ¿Ya terminaste tu libro? ¿Ya te permite

salir a ver a tu amigo?

—Justamente de eso te quiero hablar— sin llegar a percibirlo, el puntero de la Ouija comienza a deslizarse lentamente sobre el tablero —. Estoy en casa, abrí la heladera y resulta que tengo unas cervezas bien frías, para disfrutarlas y ponernos al día.

El silencio se apodera de la conversación durante un par de segundos. Frederich mira hacia arriba, cual creyente esperando una ayuda del cielo. El puntero triangular se detiene sobre su respuesta negativa.

—Justo hoy no puedo— sentencia Javier, derribando por completo las esperanzas del escritor —. Me estoy fijando en la agenda y tengo cosas que hacer— en su voz se refleja el sarcasmo.

—¿Me lo haces a propósito? — cuestiona Frederich al notar la connotación de sus palabras.

—No amigo, pero tampoco pretenderás que, sin dar señales, levantes el teléfono y yo, si o si, salga corriendo a verte.

—Está bien Javier, tienes razón.

—Tal vez…

Frederich corta la llamada sin siquiera escuchar lo que tenia su amigo para agregar. Su mente ya está en busca de alguien más. El tiempo apremia al no saber cuándo será el próximo encuentro con la dama de rojo, para luego despertar otra vez en el condenado 08 de noviembre << *¿Por qué tenía que ser tan antisocial?* >> demasiado tarde para pensarlo.

Nuevamente se encuentra deambulando por la sala. El puntero triangular inadvertidamente vuelve al centro. Se aproxima a su escritorio y toma un habano, lo enciende y continúa pensando. No es que tenga muchos nombres en que pensar, debido a su actitud frente a los demás. Le sobran los dedos de una mano para contar a sus allegados. La nicotina logra calmarlo un poco, aunque el humo ya llega a molestarle. Le vendría muy bien una medida de whisky, o dos, pero ha decidido no volver a beber ni una gota de alcohol, por lo menos hasta que encuentre una solución a esta pesadilla.

Ya había tachado un nombre en su lista mental y con el

próximo hace lo mismo sin siquiera llamar. Telefonear a Agustina seria condenase aún más. Condenarse con ella y con su hijo. El puntero vuelve a marcar al "No".

En ese momento, otra ficha cae en la rockola.

Corriendo se dirige nuevamente a su escritorio, abre uno de los cajones y revuelve desesperadamente entre los papeles desordenados hasta que encuentra lo que busca. Una servilleta de la cafetería Fiftys, que muestra un numero escrito a mano con tinta rosa. El puntero ahora dice "Si". Da un beso a la servilleta y sacude su puño, apretándola, como si hubiera hallado un billete de lotería ganador. Así lo piensa, como un premio que lo puede llegar a sacar de este bucle aterrador.

¿Qué mejor que una fanática para ayudarlo?

En la cafetería Fiftys es un día de lo mas tranquilo. El cielo se encuentra encapotado de gris en su totalidad. Una sola mesa se encuentra ocupada por una señora de edad avanzada, que disfruta de un capuchino mientras ojea el diario de hoy. 08 de noviembre del 2014.

Candela reposa del lado interno del escritorio, junto a la caja registradora. Casualmente leyendo un libro de su escritor favorito.

Su teléfono celular suena y muestra un numero desconocido por ella hasta el momento. Desde que sonrojada anotó su número en aquella servilleta su escritor jamás le había telefoneado. Pero eso no le impide reconocer de forma automática la voz de quien pronuncia su nombre al contestar. Sus mejillas toman color al instante.

—¿Federico? — pregunta tan incrédula como sorprendida, mientras se coloca un mechón de pelo detrás de la oreja.

—Hola preciosa— trata de persuadirla, como si realmente hiciera falta —. Perdona que nunca te llamé.

—No hay problema. Ahora lo estás haciendo— enfocada solo en la conversación decide cerrar el libro, no sin antes acomodar el señalador en su correspondiente lugar — ¿A que se debe el honor? — a Frederich se le escapa una risa nerviosa y titubea antes de responder.

—Voy a ser directo— las mejillas de Candela estallan en rojo —. Quiero que vengas a mi casa.

La joven mesera queda atónita después de escuchar esas palabras. Situación que imaginó que imaginó desde el momento en que anotó su número con tinta rosa

—¿Estás ahí Candela?

—Si, si— responde mientras acaricia la portada del libro, como si realmente se tratase del mismísimo Frederich —. Claro que voy ¿Sucede algo?

—A ti te gustan mis historias ¿no?

—Sinceramente, no me gustan… me encantan— su sonrisa es cnorme.

—Entonces necesito que vengas lo antes posible ¿A qué hora te espero?

Candela despega el teléfono de su oído y tapando con su mano el micrófono mira a su alrededor. Limpiando una de las mesas de Fiftys se encuentra Marcos, encargado del lugar.

—Pss… Marcos— lo llama en voz baja — ¿Puedo salir mas temprano hoy? — pregunta con su mejor cara de súplica.

—Candela, sabes que estamos los dos solos— mientras ella escucha la respuesta negativa hace un gesto de por favor juntando sus palmas, quedando el celular entre ellas —No Candela, sabes muy bien que no puedo quedarme solo hasta el cierre— sentencia antes de volver a lo suyo.

Sin quitar su gesto, la joven pronuncia "te odio" tan solo gesticulando con sus labios.

—Tengo que quedarme hasta el cierre— le explica tristemente —Puedo a eso de las nueve.

—No hay problema. Ahora te envío la dirección.

—Se donde vives. Soy tu fan ¿recuerdas?

El escritor sonríe alagado y después de un te espero corta la llamada. Candela toma el celular con ambas manos y lo aprisiona contra su pecho. El teléfono nuevamente toma el lugar de Frederich. Mientras, Marcos mueve su cabeza con gesto de negación al verla actuar como una adolescente.

Luego de cortar, Federico dirige su mirada hacia el reloj de péndulo. Las agujas marcan las cinco de la tarde. Cuatro horas quedan para que Candela, su fanática salvadora, acuda en su ayuda.

No tiene mucho por hacer y sabe que le será imposible concentrarse para ponerse a trabajar en algo nuevo, pero a la vez, tiene que ponerse a hacer algo, de lo contrario, las siguientes horas serán eternas.

Con paso cansado, exhausto por tanta locura, se dirige hacia la gran estantería de libros que tiene allí, en busca de alguno que llame su atención. La elección es una verdadera joya, una reliquia como el lo llama, uno de sus libros mas amado. El corazón delator de Edgard Allan Poe, en su primera edición.

Toma un nuevo habano de su escritorio y el cenicero, y con su reliquia en su mano se dirige a su sillón de lectura, ese que tiene una lampara de pie a su lado. Soltando un suspiro quejoso se deja caer sobre su mullido almohadón, coloca el cenicero sobre el posa brazos derecho, enciende el habano, cruza sus piernas y se adentra en tan magnifica historia.

El segundero del péndulo se deja oír en el silencio sepulcral de la sala. De igual manera se puede escuchar como se quema la hoja de tabaco a cada pitada. La sala comienza a llenarse de un espeso humo.

Pasadas las primeras veinte paginas de Poe, el cansancio comienza a acentuarse sobre sus ojos. Sus parpados se vuelven mas pesados y un bostezo se desprende de su boca, casi al inicio de cada nuevo párrafo.

<< *De ninguna manera pienso dormirme* >>

El habano ya se consumió por completo. Se pone de pie y deja la reliquia sobre el sillón. Lentamente se dirige al baño de la planta baja, el que se encuentra en su habitación.

Ubicado frente al espejo, pero sin poder mirarlo fijamente, debido al recuerdo donde se vio allí reflejado, con esa catarata sanguinolenta que manaba de su boca. Con el fin de refrescar su cara, se la salpica con abundante agua, eso logra despabilarlo.

Logra lo que busca y ahora abre completamente sus ojos. Al hacerlo, lo que intentaba evitar se vuelve imposible. Lo que ve frente a él, reflejado en él espejo, no le provoca terror, mas bien, logra atemorizarlo.

Nuevamente su reflejo se ve avejentado, pero esta vez, el paso del tiempo es mas evidente. Su pelo, de un gris notorio gracias a las canas, quienes ganan la batalla sobre los pelos que aún guardan algo de pigmento y sus cejas haciendo juego. Los surcos en su rostro se muestran profundos como ríos ramificados que surgen desde el extremo de sus ojos, en su frente, así como también, en las comisuras de la boca.

Por un momento piensa que solo se trata de otra ilusión, similar a todas las demás, pero al llevar su mano hacia el espejo, advierte que sus manos se muestran con el mismo desgaste de, al menos, unos quince años.

No solo su reflejo, su cuerpo realmente se ve así. El dorso de sus manos, además de estar más arrugadas que su cara, presente esas típicas manchas que vienen con la edad.

Su respiración comienza a acelerarse y sus latidos se vuelven tan intensos que le provoca la sensación de llegar a escucharlos, tal como en el libro que hace escasos minutos leía.

Apoyado en el fregadero, sin poder despegar la vista de su reflejo, trata de asimilar lo que ve. Luego de unas cuantas respiraciones profundas lo logra, aunque su reflejo siga mostrando lo mismo.

—Es solo otra obra de la dama, o Scarlet, o como quiera que se llame. Tengo que controlarme. Tengo que mantener la cordura.

No puede hacer mas que continuar y esperar a que nuevamente se haga presente. Eso parece ser inevitable. Pero, cuando llegue el momento, debe de actuar correctamente. Solo espera que Candela llegue antes que ella.

Vuelve sobre sus pasos. Son las ocho de la noche y se pregunta en que momento pasaron esas horas. Se ubica nuevamente en su sillón de lectura, dispuesto a continuar leyendo hasta que su timbre suene, anunciando la llegada, esperando que sea la joven mesera.

Tan solo alcanza a leer una pagina más antes de que todos sus pensamientos optimistas y de control queden sepultados por una oscura desesperanza.

La bombilla de la lampara de pie se apaga y aunque las persianas estén abiertas, no logra entrar nada de luz. Ha quedado totalmente a oscuras, inmóvil, sin que sus pupilas, ya acostumbradas luego de unos segundos, lleguen a captar algo.

Contrapuesto al nerviosismo que sintió al instante en que quedó envuelto por la nada, ahora lo invade una tremenda impresión de paz y tranquilidad. Una sensación similar a un desmayo. Continua inmóvil.

La calma lo sobrepasa y se sumerge en ella, por más que en algún lugar recóndito de su mente existe la idea de que es solo una sensación pasajera. Es mas que probable que, de un momento a otro, esa paz se transforme en un terror insoportable. Incluso para él. El amante del miedo.

Un sonido lejano capta su ligera atención. Un sonido similar a esas chicharras que suenan cuando habilitan a una puerta para abrirse. Luego de unos segundos la chicharra se escucha un tanto mas cerca y se detiene. Eso le alcanza para salir de su mente y tomar noción de su cuerpo, pero aún sin ver.

No se encuentra sentado en su sillón de lectura. Está acostado, boca arriba y con los ojos cerrados.

Hace el intento de abrir sus ojos, pero no lo logra. Es como si tuviera los parpados pegados. Como si le hubieran colgado dos yunques que penden desde el parpado superior.

También intenta moverse, pero se siente petrificado. Sus piernas están ancladas y siente que sus brazos pasan cruzados por encima de su pecho, los cuales tampoco puede mover.

Sus oídos captan nuevamente la chicharra que ahora suena mucho más cercana a él.

Su cuerpo continúa inmovilizado y comienza a desesperarse. Algo similar a la parálisis del sueño. No se trata de una parálisis, pero algo o alguien no permite que se mueva libremente.

Un nuevo sonido se escucha aún más cerca, casi como si sonara a su lado. La transpiración fría comienza a recorrer su rostro. Sus oídos vuelven a percibir ese nuevo sonido, pero más fuerte. Reconoce lo que es. Un timbre. El timbre de su casa.

Con una bocanada, como si se estuviera ahogando, logra abrir sus ojos y se pone de pie. Acaba de levantarse de su sillón de lectura, el mismo que tiene la lampara de pie a su lado.

Alguien insiste con el timbre. El reloj de péndulo marca las ocho y cuarto. Algo temprano para Candela.

La insistencia ardua de quien llama hace que se dirija rápidamente hacia la puerta. Observa por la mirilla. Del otro lado de la puerta puede ver el rostro de Candela. Tomando el picaporte se detiene por un segundo en su mano. Ya no presenta signos de vejez.

—Hola Candela, adelante.

—¿Te agarré en un mal momento? — la joven lo mira preocupada, después de estar un buen rato tocando el timbre sin respuesta.

—No, no. Es que me quedé dormido leyendo.

Con un gesto caballeresco la invita a cruzar la arcada de la puerta. Ella, inclinando ligeramente su cabeza, agradece y acepta la invitación.

—Perdón que vine así— la joven recorre su cuerpo con ambas manos. Aludiendo a que lleva puesto el uniforme de Fiftys, mientras da los primeros pasos por la casa —. Es que vine di - rec - ta - mente— el asombro entrecorta sus palabras. No solo es que no puede creer que está en la casa de su ídolo, si no que está embobada totalmente por todo lo que ingresa por sus retinas.

—No hay problema— Frederich cierra la puerta y camina tras ella —Con ese rostro puedes llevar puesto una caja de cartón e igualmente te quedaría perfecto.

La risa nerviosa demuestra que acepta el extraño cumplido mientras no puede dejar de mirar a su alrededor.

—Veo que tu casa es tan fascinante como la imaginaba.

—Que bueno que te guste. Por lo general suelen encontrarla un tanto *perturbadora*.

Federico toma el abrigo y la mochila de la joven y lo cuelga en el perchero, junto a la puerta de entrada.

—Pues… yo amo lo perturbador— Candela camina junto al escritorio y allí se detiene, pensando que ahí, es de donde surgen todos los libros que tanto le gustan.

—Entonces va a encantarte lo que te voy a contar.

Escuchar eso hace que su corazón se acelere y sus ojos adquieran un brillo particular.

El escritor acerca la silla de su templo junto al sillón de lectura y pide a Candela que se ponga cómoda en donde aún descansa el corazón delator.

—¡No lo puedo creer! — exclama la joven con emoción —Es la primera edición— agrega ya con el libro de Poe en sus manos.

—Así es. Míralo tranquila mientras busco algo de tomar ¿Qué bebes?

—Un poco de vino estaría muy bien— responde sin quitar la vista del libro mientras lo ojea entusiasmada. Se sienta en el sillón.

Luego de dos minutos vuelve Frederich a la sala. Una copa de vino en una mano y un vaso lleno de un liquido incoloro en la otra.

—Aquí tienes linda— extiende la copa hacia ella. La joven agradece y hecha una mirada incrédula al vaso.

—¿Comenzamos fuerte? — cuestiona con una sonrisa, pensando que se trata de alguna bebida blanca.

—No— él ríe —. Tranquila, es solo agua. Me prometí no beber, por lo menos, hasta que todo esto acabe.

—Ya me estás haciendo pensar que se trata de algo grave ¿Por qué no me cuentas?

Frederich, casi que deja caerse sobre la silla, frota su rostro cansado y bebe un largo trago de agua.

—¿Por dónde comenzar?

—¿Por qué mejor no comienzas por el principio? — el rostro de Candela demuestra su fascinación. Se encuentra muy cómoda en el sillón de su escritor, revolviendo sutilmente el vino en su copa y a punto de escuchar lo que presiente que será algo que nunca olvidará.

Desde que Frederich publicó su primer libro, después de dar

una nota para el conocido diario local de Stonelake "La última noticia", es de publico conocimiento su peculiar manera de adentrarse en la historia. Por lo que no hizo falta que le explique el por qué jugó a la Ouija y va directamente a los hechos.

Su relato recorre todo lo sucedido con lujo de detalles, desde la voz ronca, descompuesta y agonizante que salió por la boca de su propio hijo, pasando por el acto sexual con la misteriosa dama de rojo, hasta lo envejecido que lucía hace tan solo momentos atrás. Mientras, Candela escucha absorta, compenetrada solamente en el relato. Para ella, un audio libro narrado en vivo.

La expresión de la joven camarera va cambiando a medida que el relato avanza. Sorpresa, asombro, terror, sospecha y otras tantas emociones más fueron recorriendo su cuerpo.

Al momento de finalizar la charla, Candela solo lo observa con su ceño fruncido, mientras la yema de su dedo índice se desliza por la base de la copa.

—No me crees ni una palabra ¿verdad?

—Claro que si— responde al instante —. Solo que es muy raro todo lo que cuentas. Parece una historia tuya más.

—Ni lo digas ¿Pido una pizza mientras lo meditas un minuto?

Después de tanta charla sus vientres habían comenzado a crujir. El reloj ya marca las 21:45 y no es buena idea seguir tomando con el estómago vacío.

Un llamado rápido hace que la cene ya esté en preparación.

—¿Y que se supone que necesitas de mí?

—Necesito que juegues a la Ouija conmigo.

En ese momento suena el timbre y ambos miran incrédulos hacia la puerta de entrada.

—La pizza más rápida de la zona alta— bromea Frederich mientras ya se dirige hacia la puerta.

Como siempre, antes de abrir, acerca su rostro a la mirilla. Lo que ve desorbita sus cuencas y el sudor brota de su frente de forma automática.

Al otro lado de la pequeña puerta campestre, cruzando el camino, se encuentra Candela. Aguarda en la acera con una botella de vino en su mano y vestida con su característico uniforme de Fiftys.

Sin siquiera pensarlo, Frederich voltea hacia su sillón de lectura. Allí sentada y cruzada de piernas, se encuentra la dama de rojo con la copa de vino en la mano.

Con la misma velocidad con la que volteó abre la puerta bruscamente.

—¡Vete de aquí Candela!

La puerta se cierra de forma abrupta frente a su rostro y su cuerpo es volteado por una fuerza exterior. Delante, a escasos centimetros, está parada Scarlet, pero con la misma monstruosa cara que llevaba cuando destripaba a Joaquín en su cama.

El cuerpo de Frederich está inmóvil, igual que cuando lo invadió aquella oscuridad en su sillón. Intenta moverse, pero le es imposible. Siente como si algo lo estuviera aprisionando de espaldas contra la puerta.

—"¿Qué sucede… no quieres *jugar* conmigo?" — ese horrible ser con vestido rojo habla con la misma voz ronca, descompuesta y agonizante que aquella vez había salido de su hijo.

De la boca del escritor no se desprende ni una sola palabra. No porque no pueda moverla. Al parecer es sobre lo único que posee control, pero un enorme terror le carcome las entrañas. Los músculos de su cara se contraen y solo muerde su labio inferior como si estuviera sintiendo un dolor insoportable.

—"¿Ya me estabas engañando?" — cuestiona acercándose un poco mas y pasa su lengua por el rostro de Frederich — "¿Por qué no la invitamos a entrar? Tal vez podríamos divertirnos los tres".

El espectro de rojo se hace a un lado, quedando expuesto a la vista de Frederich, el cuerpo inmóvil de Candela, parada en medio de la sala.

Como en un parpadeo, la dama de rojo aparece por detrás de la joven mesera y comienza a caminar lentamente a su alrededor, como examinándola.

—"Con que ella es quien te gusta ¿verdad?" — dice mientras con su putrefacta mano acaricia los cabellos de Candela. Las lagrimas comienzan a desprenderse de los jóvenes ojos que ni siquiera parpadean.

Quien viste de color sangre completa un giro, finalizando detrás de la joven y nuevamente, con un estallido de humo, aparece delante de Frederich que observa sin poder hacer nada.

—"Veamos que tenemos aquí".

El espectro se coloca al lado izquierdo de Frederich y juntos observan a Candela, que a esta altura ya tiene el rostro manchado por el maquillaje corrido.

La dama eleva su mano abierta, putrefacta, hacia donde se encuentra la joven y, con fuerza, da un zarpazo con sus uñas en el aire. La chomba de Fiftys es rasgada en su totalidad por su centro, quedando abierta como una camisa desabotonada y dejando al descubierto los pechos de Candela, escondidos tan solo por un sexy brasier.

—"A mi me agrada lo que veo"— dice la voz ronca mientras que con su otra mano limpia la saliva que se escurre de sus fauces —"Y a ti te encanta ¿no?"

—De – ja – la — alcanza a decir entre dientes.

—"¿Por qué? Si solo estamos divirtiéndonos".

Ahora, sus descompuestas manos bajan a la altura de la cintura de la joven, que aún se encuentra de pie e inmóvil en medio de la sala, y comienza a bajarlas lentamente. El pantalón de Candela sigue el movimiento de esas horribles manos y comienza a deslizarse hacia abajo dejándola, a la vista, en ropa interior.

—¡Ya basta! ¡Detente! — logra gritar Frederich mordiendo el dolor —¡Ella no tiene nada que ver con todo esto!

—"¿Cómo que no? si tú la has traído hasta aquí para buscarme. Tú solo condenas a los que te rodean. Igual que lo hiciste con tu hijo".

Con sus manos, aún estiradas hacia la joven, da un tirón en el aire. El cuerpo de Candela es jalado bruscamente hacia ellos, como si tuviera una soga amarrada a su cintura. Con su cuerpo arqueado hacia atrás, por el feroz impulso, se aproxima velozmente y se detiene erguida frente a Frederich.

—"Dime que no mueres de ganas por tocarla".

El espectro de rojo toma la mano de Frederich, la lleva hacia el rostro de Candela y hace deslizar su dedo índice por la húmeda mejilla izquierda. La yema recorre desde el pómulo bajando hasta el mentón. A medida que su dedo se desliza, va abriendo un surco en la delicada piel de la joven mesera, cortándola y permitiendo salir a su fluido carmesí.

—¡Basta, no le hagas daño!

—"¿Yo? Si eres tú quien lo está haciendo".

Ahora la mano del escritor es dirigida mas abajo del rostro de Candela y las lagrimas de Frederich comienzan a brotar.

El paso de su dedo comienza desde la clavícula derecha, descendiendo y pasando por encima de su pecho, hasta detenerse justo dende comienza el encaje del brasier.

Al igual que en su rostro, un corte profundo va abriéndose a su paso, como si su índice fuera un afilado bisturí. Frederich cierra sus ojos. Es incapaz de verse haciéndole daño a la joven.

—"¡Abre *ya* esos ojos!"

Los parpados del escritor acatan la orden sin su consentimiento y se abren a mas no poder. La catarata de lagrimas es incontenible y el terror se apodera de todo su ser.

—"¿Estás enamorado?" — cuestiona susurrando a su oído —. "Si es así… deberías llegar a su corazón".

El mismo dedo de Frederich, es guiado por el espectro hacia el centro del pecho de Candela. Presionando levemente va abriéndose paso. Perfora su piel. El llanto de ambos es desgarrador. Luego se adentra en su carne, abriéndole como mantequilla los músculos. Los ojos de Candela no paran de expulsar lágrimas, pero su rostro se encuentra totalmente carente de expresión. El dedo continúa avanzando.

—¡Basta, por favor, basta!

Algo gelatinoso hace tope con la yema de su dedo, al momento en que ya a ingresado hasta el nudillo. Puede sentir como late.

Sin poder cerrar sus ojos y con sus pupilas observando como su dedo yace completamente dentro del pecho de la joven, suplica que esta pesadilla termine de una vez por todas.

—"¿Quieres despertar?"

—¡Si, por favor… basta! — responde sin darse cuenta de que su pedido fue que termine y el espectro solo le habló de despertar.

Con mucha velocidad, la mano putrefacta golpea el pecho de Candela, quien sale despedida hacia atrás, golpeando contra el escritorio y cayendo inconsciente al suelo.

Aún, tomando la mano Frederich, el espectro introduce en su boca descompuesta el dedo manchado de sangre y lo succiona hasta limpiarlo.

—"No creo que estés seguro de lo que pides… podría no gustarte *despertar"*.

—¡Hazlo… te lo suplico! — repite una y otra vez. Es un pedido entre lágrimas.

—"Que te quede claro, que lo haré solo porque me has dado lo que quería"

Todavía aprisionado contra la puerta de su propia casa, Frederich observa como el espectro de rojo se ubica frente a él. Abre sus fauces, mostrando esos dientes como agujas y despide una gran bocanada de un humo de lo más espeso. Esto provoca que sus ojos se cierren por el ardor que le provoca y, en ese momento, queda nuevamente envuelto por una oscuridad absoluta. Otra vez con esa sensación de paz y tranquilidad.

Ya no siente que su espalda esté aprisionada con fuerza contra la puerta, sin embargo, percibe perfectamente que está recostado sobre su columna. Lentamente, advierte como las leves ordenes que envía su cerebro a sus músculos van surtiendo efecto. Sus extremidades le responden, pero algo sujeta sus piernas, al igual que sus brazos inmóviles, cruzados sobre el pecho.

Sus parpados ya reaccionan, pero no está seguro de querer abrirlos. Jamás creyó sentir tanto temor por el solo hecho de abrir sus ojos, pero sabe que no tiene más remedio que hacerlo. Lo hace poco a poco.

Ni bien despega sus pestañas, una luz blanquecina llega como un puñetazo en las retículas. El movimiento de sus parpados es milimétrico, pero continúan abriéndose. Por su cabeza llega a pasar el pensamiento de estar muerto, asimilando automáticamente la situación con la tan nombrada luz a la que debemos avanzar al momento de nuestra partida.

Sus pupilas se acostumbran al brillo. Lentamente comienza a distinguir algunas figuras de lo poco que hay en esa clara y pequeña habitación.

Como bien supo, se encuentra recostado, boca arriba, mirando al techo. En línea recta a su frente, puede ver dos tubos de luz, los mismos que le causaron esos segundos de muerte en su pensamiento. Sus ojos van enfocando cual lente de cámara.

El techo es blanco y las paredes también, salvo que éstas, se encuentran recubiertas por un material acolchonado. La imposibilidad de moverse es solo de los hombros hacia abajo, por lo que le es posible articular su cuello.

Lleva su mentón al pecho, con el fin de mirarse y ver en qué situación lo ha metido esta vez la dama de rojo. Pero él acepto *despertar*.

Se encuentra vestido íntegramente del mismo color que el cuarto en donde está. Sus brazos, introducidos en unas largas mangas, finalizan inmóviles atados detrás de su recostada espalda. Un cinturón ocre pasa por encima de sus bíceps y pecho, aferrándolo a una camilla metálica. Otro idéntico cinturón pasa por sobre su cintura y un último aprisionan sus tobillos también al metal.

Más allá, sobrepasando a sus pies con la vista, puede ver sobre esa pared una puerta metálica, que lleva una pequeña ventana con vidrio esmerilado. Junto a la puerta, una pequeña mesa de metal con ruedas para transportarla. Descansando sobre ella, una jeringa y un pequeño frasco de vidrio con una etiqueta ilegible a esa distancia.

Su respiración comienza a agitarse y su corazón galopante pareciera querer salir por su boca. La transpiración comienza a perlear su frente cuando la desesperación se apodera de él.

Se escuchan pasos. Alguien se aproxima y se detiene al otro lado de la puerta, aquella que es la única de la pequeña habitación. Doblando su cuello puede ver perfectamente, que hay un rostro, que no llega a distinguir, detrás de la ventana con vidrio esmerilado. Al parecer es un hombre.

Frederich trata de controlar la respiración, pero lejos está de hacerlo cuando escucha la chicharra que habilita a abrir la puerta, la misma que escuchó a lo lejos en su sillón de lectura. Comienza a desesperarse y hace fuerza con sus piernas, tratando inútilmente de liberarse.

La puerta se abre e ingresa un hombre al cual no reconoce. Una tarjeta identificatoria sobre su pecho indica "Dr. A. Mayers".

El escritor continúa sacudiéndose a medida que el doctor avanza hacia él, quien, a su paso, toma la pequeña mesa de metal y la ubica junto a la camilla. Los utensilios que reposan sobre ella tintinean en su camino.

—¿Otro día de sacudones señor Frederich? — cuestiona Mayers con solemnidad mientras toma la jeringa, con la que pincha sobre la tapa del frasco y extrae en ella su contenido.

—No me hagas daño— Frederich suplica como un niño mientras continúa sacudiéndose.

—¿Cómo dice una cosa así? Sabe muy bien que yo no quiero lastimarlo.

El doctor Mayers posa la palma de su mano sobre la transpirada frente de Frederich y, haciendo presión contra la camilla, inmoviliza su cuello. Inclina la cabeza hacia la derecha para luego clavarle la jeringa debajo de la oreja.

—Yo solo quiero que se tranquilice— Con el pulgar introduce el líquido extraído anteriormente. Las pupilas del escritor se dilatan al instante —. Tienes visitas.

—¿Agustina? — cuestiona con voz calmada, casi adormecido.

—Vaya, vaya— Mayers se sorprende —Veo que está recordando— Del bolsillo que lleva el ambo a la altura del pecho, extrae una pequeña libreta, mira su reloj y luego realiza una anotación en ella.

—Veo que el tratamiento, por fin, comienza a surtir efecto. Ya nos estábamos preocupando.

—¿Qué fecha es hoy? — alcanza a preguntar con su lengua adormecida.

—Ocho de Noviembre — responde el doctor. Respuesta que provoca un suspiro de Frederich, quien al momento desiste de su pelea.

El cuerpo de Frederich ya no forcejea contra sus ataduras, ayudado en gran parte por el efecto de lo que acaban de inyectarle. Sin entender que es lo que sucede, cosa que ya no le parece extraño, aguarda a que esta pesadilla termine de una vez.

La mesa metálica es devuelta a su lugar y el doctor Mayers se dirige a la puerta para cruzarla, luego de que suene la chicharra.

El vidrio esmerilado permite ver que, del otro lado, Mayers se detiene a hablar con una mujer. Frederich tampoco distingue a quien escucha. Las drogas ya están haciendo efecto y parece totalmente fuera de sí. Al minuto, la mujer ingresa al cuarto.

Los ojos del escritor están fijos en el techo, con sus pupilas casi del tamaño del iris y su boca abierta. La mujer avanza casi sin hacer ruido y se detiene junto a él, interfiriendo en la trayectoria de su vista.

—Hola Federico. Me dijo el doctor que recordaste mi nombre— dice Agustina con sus ojos llenos de lagrimas mientras le acaricia el rostro avejentado. Frederich luce mas grande nuevamente. No tanto como la ultima vez, si no mas bien como la primera. Al menos tres pares de años parecen habérsele venido encima.

—¿Por qué no habría de ha – cer – lo? — las palabras prácticamente se escurren por su boca y se pierden en la pequeña habitación.

—*Shhh*— Agustina coloca su índice sobre los secos y agrietados labios de Federico —. No gastes energía ahora que estás recuperándote— la primera lagrima rueda por su mejilla y se deposita en la comisura de su boca. Sus labios sienten la *sal* de la tristeza —. Tal vez, en poco tiempo, puedas volver a ver a Joaquín.

—Jo – a – quín— pronuncia con un suspiro casi imperceptible — ¿Dónde está?

—Está en casa.

Aunque sus neuronas se encuentran totalmente drogadas, a su mente vienen el peligro que corre su hijo << *Voy por ti y después por tu hijo* >> había sentenciado la dama de rojo. Su cuerpo entra en alerta, casi obviando lo que dilató sus pupilas.

—¡¿Está solo?! — exclama al momento en que intenta levantar su cabeza, pero su cuello se vence, golpeando su cráneo contra la camilla metálica —No puedes dejarlo solo.

—Tranquilo, Federico— La preocupación de él desencadena una seguidilla de lágrimas en Agustina. Lágrimas que demoran en detenerse. Cuando lo hacen, continúa hablando como puede —. Ya se puede cuidar solo bastante bien. Al fin y al cabo, tu a los quince años ya sabias hacerlo— intenta bromear para liberar la tristeza que viene sufriendo, aparentemente, hace mucho tiempo.

Frederich queda impactado con lo que escucha y Agustina, de manera automática, se da cuenta de que fue demasiada información tan pronto.

—Quince… años.

Agustina se aproxima desconsolada y le da un fuerte abrazo mientras ahoga sus lagrimas contra el hombro de, quien fue por algún tiempo, su marido.

—Quiero que me cuentes Agustina.

Luego de unos aletargados segundos, se hace hacia atrás, con la cara empapada.

—Cinco años hace que estás aquí— sus labios tiemblan conteniendo el mar que lleva por dentro.

Frederich, devastado por la noticia, vuelve a caer rendido en el efecto de las drogas. Sus lágrimas comienzan a salir como impulsadas por ellas mismas, rodando sobre su rostro inexpresivo.

—¿Qué sucedió? ¿Qué estoy haciendo aquí?

Agustina da un suspiro desde lo mas profundo, seca sus lagrimas y se sienta sobre la camilla, junto a él.

—Desde que comenzaste a trabajar en tu último libro, La dama de Rojo, comenzaste a actuar de forma muy extraña. Claro está que no eras de ver muy seguido a tu hijo, pero desde que comenzaste ese maldito libro no lo has visto, salvo por las veces que él te ha visitado a ti. Te has vuelto por demás antisocial y agresivo. Desde ese momento comencé a consultar al doctor Mayers, quien es toda una eminencia en lo que respecta a la psiquiatría— la tristeza enmudece a Agustina, quien se queda cayada mirándolo a los ojos.

—Continua Agustina, por favor.

—Él fue quien me sugirió que te convenza de concretar una cita los tres. Te traje engañado y cuando te diste cuenta montaste un escandalo de tal magnitud, que ese mismo día, quedaste internado en el establecimiento psiquiátrico de Stonelake.

Frederich escucha aterrado como un niño al que le relatan un cuento de terror a media noche, sin recordar absolutamente nada de lo que Agustina dice y sin siquiera poder expresar lo que siente. Es literalmente un zombi balbuceante sobre esa camilla.

—Día a día comenzaste a empeorar. Llegaste a agredir a varios enfermeros, incluso al mismo doctor Mayers, por eso te encuentras como estás— ambos, con sus ojos, recorren las vestiduras del escritor y los cinturones que lo mantienen inmovilizado —. Federico… has intentado suicidarte cortándote la garganta con una hoja de afeitar. Una vez te has cortado el pelo y has intentado tragártelo para ahogarte— a la mente de Frederich vienen los recuerdos como imágenes, donde ve como la dama de rojo rebana su garganta mientras se ducha, para luego ver esos tentáculos capilares que casi lo asfixian en el baño del desfile. — Todo eso, lo hiciste echándole la culpa a una tal Scarlet. ¿Y qué sucede? Scarlet es uno de los personajes de ese maldito libro que devoró tu cabeza. El doctor Mayers, diagnosticó que tienes un tipo de esquizofrenia autodestructiva y decidimos dejarte en tratamiento, con las esperanzas de que algún día vuelvas a ser tú.

Tres golpes, que detienen las palabras de Agustina, se escuchan en la puerta. El doctor Mayers es quien ingresa nuevamente, pero solo para hacerle saber a la mujer, que ya es demasiado por hoy, más aún, en el estado en que se encuentra el paciente. Luego el doctor se retira, dándoles lugar a despedirse por hoy, aunque aún queden algunos minutos del horario de visitas.

—Tranquilo Federico. Todo va a estar bien— le dice y luego da un beso en la comisura de sus labios adormecidos.

—No te vayas… quédate un poco más.

—Como escuchaste del doctor, quedan tan solo unos minutos

de visita y hay alguien mas que quiere verte— abandona su lugar junto a Federico y sin ganas camina hacia la puerta —. Estuvo acompañándote desde el primer momento. Dice que es tu fanática número uno, cosa que creo cierta, dado lo rara que es— Agustina no abandona la habitación sin antes prometerle que mañana se verán más tiempo.

La puerta se cierra a espaldas de Agustina. Con lo poco que le queda de fuerzas, el escritor deja caer su rostro hacia la izquierda, sobrepasando su hombro con la mirada, a fin de tener visión del único acceso al lugar.

Puede observar que, nuevamente, alguien está al otro lado del vidrio esmerilado. Alguien a quien tampoco llega a reconocer, por como el cristal desdibuja la imagen. Alguien que también parece ser una mujer.

La chicharra suena y la puerta vuelve a abrirse. A esta altura, Frederich ya se encuentra flotando en un mar de anestesia, ya ni siquiera puede gesticular ni una palabra. Nada de su cuerpo responde a los leves impulsos enviados por el cerebro adormecido, salvo sus ojos, que observan atentamente el zapato de taco que pisa la habitación.

Sus casi cerrados ojos recorren la figura de una mujer, tratando de prestar atención a algún detalle que lo lleve a la salida de esta encrucijada.

Unos finos tacos negros dan comienzo a unas estilizadas y largas piernas. Una minifalda negra marca sus caderas. Una camisa blanca, con dos botones sin cerrar, deja al descubierto un prominente escote.

Recién al llegar a su rostro, logra reconocer de quien se trata. Quien ingresa es Candela. Parece haber madurado bastante en estos años, años que él se los pasó encerrado en el psiquiátrico de Stonelake. Pero no es solo eso, algo más luce diferente en ella. Su pelo esta diferente. Luce un peinado que tapa todo el costado izquierdo de su, aún juvenil, rostro. La puerta se cierra.

El sonido de sus tacos acompaña su andar y se detienen solo cuando llega junto a Frederich y para sentarse a su lado, lugar que hace instantes estuvo ocupado por Agustina. La joven no dice ni una sola palabra, solo aguarda en silencio mirando de frente al escritor, aún con el cabello sobre medio rostro.

Ha pasado completamente un minuto y siguen en la misma postura, claramente, postura que Frederich no tiene manera de elegir debido a su estado. El mismo estado que ni siquiera le permite incomodarse por la situación.

Candela por fin se mueve. Tan solo eleva su mano izquierda, con la cual lleva los cabellos que caen sobre su rostro hacia detrás de su oreja. Como un telón, deja al descubierto una larga cicatriz que recorre su mejilla.

—¿Cómo está mi escritor favorito? — Candela habla con un tono de elevado sarcasmo —Veo como estás. Drogado hasta la medula, sin poder ni siquiera responder y *loco*—

Frederich solo hace lo único que puede permitirse, solo mirarla, mientras su visión va nublándose poco a poco.

Candela se pone de pie, da unos pasos por la pequeña habitación y se detiene en una postura como si posara para él. Sus ojos no le permiten distinguir mas que el contorno de su figura. Sus parpados están a punto de cerrarse.

—Verdaderamente… tengo que agradecerte— recorre su propio cuerpo con las manos —Me diste lo que quería y mucho más. Aunque me hubiera gustado venir vestida de rojo. Pero eso levantaría sospechas.

Los ojos de Frederich terminan de cerrarse y cae atrapado en un profundo, silencioso y oscuro sueño.

En casa de Agustina y Joaquín, el joven adolescente de quince años se encuentra recostado, y a la vez medio sentado contra la cabecera de su cama. A su lado hay un libro de tapa marrón y letras doradas y sobre sus piernas, una computadora portátil.

El libro es aquel de Poe que le regaló su padre en su cumpleaños numero diez. La computadora portátil muestra un texto en su pantalla. Un texto que parece tenerlo muy concentrado en lo que dice.

EL SÚCUBO

El súcubo es un demonio que toma la forma de una mujer atractiva para seducir a los hombres, introduciéndose en sus sueños y fantasías. Por lo general suelen ser mujeres de una gran sensualidad y extrema belleza. Suelen relacionarlas con la parálisis del sueño. El súcubo se encarga de conocer a su víctima, seduciéndola hasta que logra tener relaciones con la misma. Método que utiliza para apoderarse de toda su energía, para luego utilizarla al poseer un cuerpo humano, donde continuará con su propósito. Son seres infernales que, generalmente, respunden a un ente o mal superior.

Algo lo distrae de su lectura. Su nariz se retrae. Un olor llega a sus fosas nasales. Un olor a quemado, a ceniza… a humo.

Deja el portátil a un lado y se levanta de la cama. A paso lento recorre su habitación, arqueando su nariz, cual sabueso un día de caza.

Su olfato lo lleva hasta el armario de donde siente que proviene el olor. Al abrirlo, comprueba que está completamente lleno de un humo de lo más espeso. Introduce su mano y hace a ambos lados los abrigos que cuelgan de las perchas. Una vez hecho el espacio y sacudiendo un poco, el humo se vuelve mas liviano y comienza a desvanecerse. Ya casi no hay rastros de él. Eso le permite tener una visión clara de su interior.

Algo que reluce sobre el suelo llama su atención. Algo metálico. Se agacha y lo toma. Es una cigarrera dorada.

Con gesto de dolor dirige la mano izquierda a su rostro. Con pulgar e índice presiona sobre sus ojos cerrados y se los frota. En lugar de oscuridad, ve claridad, como si hubiera recibido un golpe. Siente un cosquilleo en su nariz. Sus fosas nasales ahora huelen hierro. Percibe humedad sobre el labio derecho. Con su pulgar comprueba que, un hilo de sangre es lo que lo provoca. Todo le trae recuerdos.

El timbre suena, pero Joaquín parece no escucharlo. Está inmóvil mirando la cigarrera y su sangre. Llaman una vez más. El humo, la sangre, el artículo, las charlas que tuvo con su padre sobre el tema, sin que su madre sospechara… Fichas que caen en una nueva rockola. Una mas joven. Una mas joven y apetecible rockola.

El timbre ahora suena como loco repetidas e incansables veces. Eso hace que Joaquín salga de su abstracción y pensamientos.

Se limpia el resto de la sangre con su manga y sale de la habitación. Con cara de extrañado, lentamente, desciende por la escalera. Desde allí alcanza a ver la puerta, donde el timbre no para de sonar.

Solo cuando abandona el último escalón, el timbre se detiene. Camina hacia la puerta y cuando va a abrirla, una pequeña nota ingresa por debajo, llegando hasta los pies de Joaquín. Rápidamente abre la puerta. No hay nadie del otro lado, ni siquiera cerca de la casa. Cierra incrédulo y toma la nota para leerla.

"Solo pasaba a saludar. Soy tu nueva vecina.
Candela"

Nota del Autor

No puedo dejar pasar esta oportunidad, para agradecerles a esas personas que vienen acompañándome ya hace rato, aguantándome incondicionalmente. Personas a las cuales la vida se encargó de poner en mi camino. O a mí en el de ellos, como quieras verlo es lo mismo.

A mi familia, la cual jamás se opuso a alguna elección que yo haya querido tomar. Lo que me enseñó una de las cosas más importantes para mí. La vida se aprende andando. Es como andar en bicicleta. Es muy difícil, aunque no digo imposible, que aprendas a andar la vida sin caerte unas cuantas veces. Al fin y al cabo, la vida es como andar en bicicleta y una vez que aprendes es divertido.

Como no pensar también en mis amigos, hermanos de la vida, Javier y Brian. Esos amigos incondicionales. Esos amigos que, por mas que nos distanciemos, sé que siempre van a estar. Con los cuales aprendí tantas cosas, caminando las calles de Lugano.

A Mariano Villar, quien me dio la oportunidad de comenzar a ilustrar sus libros y quien, de alguna manera, me adentró en este mundo tan fascinante de la escritura.

Por último, no por eso menos importante, quiero agradecerle a Florencia. Compañera de la vida y mejor amiga. Gracias por tu incondicionalidad, por tus palabras de aliento, por tus consejos, por extender mis alas. Gracias por escucharme hablar todos los días sobre mi nuevo sueño. Gracias por ser la mejor compañera que alguien pueda tener. Nunca cambies. Te amo y gracias.